D
B
A

CB054086

Luciana Strauss

# A entidade

Tradução

Marina Waquil

1ª edição

PREPARAÇÃO
Laura Folgueira

REVISÃO
Paula Queiroz
Eloah Pina

ASSISTENTE EDITORIAL
Gabriela Mekhitarian

DIAGRAMAÇÃO
Letícia Pestana

ARTE DE CAPA
Juan Cabello Arribas

Impresso no Brasil/*Printed in Brazil*


Alameda Franca, 1185, cj 31
01422-001 — São Paulo — SP
www.dbaeditora.com.br

Dados Internacionais de Catalogação na Publicação (CIP)
(Câmara Brasileira do Livro, SP, Brasil)

---

Strauss, Luciana

A entidade / Luciana Strauss ; [tradução Marina Waquil]. -- 1. ed.

São Paulo : Dba Editora, 2023.

Título original: El ente

ISBN 978-65-5826-064-6

1. Romance argentino I. Título.

CDD-Ar863.4 23-159023

---

Índices para catálogo sistemático:
1. Romances : Literatura argentina Ar863.4
Aline Graziele Benitez - Bibliotecária - CRB-1/3129

Para meu pai, a razão desta aventura.
Para todes trabalhadores estatais da Argentina.

*... hasta el mismo sol*
*da vueltas impaciente;*
*la rutina, caracol,*
*lo destruye lentamente.*
*Amuchadas sin tocarse*
*cual moneda de alcancía*
*van soñando con matarse*
*en un burdel de almas vacías.*

Los visitantes, “El ente”

# 1

— ALGUÉM SABE o que a Nelly vai fazer depois de se aposentar? Ela comentou alguma coisa com vocês? — Silvana levanta o olhar e se vira, procurando os colegas.

— Mas é óbvio! — Rolly bate com o punho na mesa, formulários voam. — Está armando pra sobrinha entrar. A garota estuda direito, quer colocá-la no Jurídico. Precisamos parar essa velha! Ou não vamos ver um centavo!

Laura, parada atrás, quieta, escuta.

— Não tenho ideia, não me disse nada. Talvez até leve o gaveteiro... — Carla pensa em voz alta.

— Shhh, cuidado que a garota está por perto.

— Quem? — Silvana se joga sobre a mesa.

— Laura, a novata.

Os colegas sussurram e a observam. Laura levanta a cabeça:

— Com licença — ela tenta não deixar a voz estremecer —, não consigo encontrar o mate, alguém sabe onde está?

— O mate coletivo está na prateleira de cima, sobre os arquivos. — Carla franze o cenho. — Está aí há mais de uma semana, pode usar se não se importar de tirar o mofo...

Laura vai até o gaveteiro de Nelly e espia: está aberto e ela consegue ver outro mate, impecável, com uma bomba cintilante. Carla percebe sua tentação:

— Nem pense em usar a cuia da Nelly, ela só me empresta quando está calminha.

Laura abaixa a cabeça. Sobe em uma cadeira bamba e pega o mate empoeirado.

— Você vai demorar muito aí? — Silvana olha na direção de Laura.

— Não. O Guillermo me pediu com urgência o relatório do ano passado. — Ela se equilibra para não cair. — Me disse pra procurar nas pastas verdes da prateleira ou na gaveta da Nelly.

Rolly solta uma gargalhada enquanto coloca os pés na mesa e se recosta na cadeira, apoiando a cabeça nas mãos.

— Eu, no seu lugar, não tocaria no gaveteiro da velha.

— Você nem sabe... — Silvana se inclina para a frente e balança a cabeça —, ontem fui procurar o grampeador ali e encontrei uma camisinha do arco-da-velha. Quando peguei, me dei conta de que tinha um fio dental e uma bala velha grudados nela. Um nojo!

— Mas o que você queria? — Rolly bate nos joelhos com as mãos — Só você pra colocar a mão naquela cova.

Laura segue parada em cima da cadeira. Procura o relatório na prateleira e sai da repartição. Silvana, Rolly e Carla continuam conversando.

Carla coloca o cotovelo na mesa. Apoia a cabeça nas mãos e aperta os olhos:

— Falando em camisinha, vocês acham que a Nelly anda transando? Aposto que, com um pouco de alegria, ela deixa o caminho livre para nós.

— Óbvio que não — diz Silvana enquanto morde uma *medialuna*. — Mas é verdade que ultimamente ela parece meio perdida. Nem do horóscopo tem falado. E está cada vez mais obcecada com esse gaveteiro nojento. Na segunda-feira ficou remexendo ali o dia todo, procurando não sei o quê... Meteu até a cara lá dentro e, quando tirou, coitada da velha, estava toda manchada de tinta.

— Vocês precisavam ter visto. — Carla arranca uma lasca de esmalte. — Fiquei com pena dela.

Rolly, que estava recostado, se levanta da cadeira em um pulo e exclama:

— Pena o caralho! — Ele se senta na mesa e continua aos gritos: — Essa velha vai nos deixar a ver navios se não fizermos nada!

— Ela já foi embora, não? — Carla pergunta aos colegas.

— Quem? — Silvana rabisca em um calendário.

— A novata, boba.

Rolly se encosta na parede e coloca as mãos na cintura:

— Fiquem atentas. Amanhã vou falar com o Tripa. As eleições da comissão interna do sindicato estão chegando. É hora de pressionar. Nada de comentar com a velha.

Carla adverte:

— É bom conferir se a Nelly se adiantou e já falou com a comissão.

— O Tripa já está avisado. Você acha que a velha vai passar na frente do Rolly? — Ele levanta o pescoço e mexe as mãos, agitado. Passa os olhos pela mesa como se procurasse algo, para em Silvana e lhe pergunta: — Ei, Silvi, não sobrou um alfajorzinho de doce de leite?

— Não, acabou... Carla atacou o último.

— Você sempre tão gulosa... — ele zomba.

— E você sempre tão idiota! — devolve Carla.

— De novo vocês dois brigando... — reclama Silvana. — Continuem assim e vão nos levar pro buraco. — Ela olha para Rolly e lhe pergunta: — Você já conversou com o Guillermo sobre tudo isso?

— Faz dias que estou procurando esse maldito. — Ele caminha rápido de uma ponta à outra da repartição coçando a cabeça. — Esse sonso diz que está sempre fora em função de reuniões da repartição. — Acelera o passo e levanta a voz: — Mentira! Está armando pra conseguir mais bicos! Na semana passada, assinou um contrato de duzentos mil pesos com um site. E vocês viram algum centavo disso? Não, claro que não. — Mais frenético, ele fala cada vez mais rápido: — Se ele não me responder até sexta-feira, vou falar com a comissão interna. Os caras estão enlouquecidos com a denúncia dos funcionários fantasmas, então imaginem o caos que vai se armar na administração se descobrirem tudo isso. E, bom, se não der certo, vou ter que ir ao RH ver como a coisa se resolve — completa, resignado.

— Lá embaixo? — pergunta Carla, surpresa. — Com o que andam dizendo, nem louca eu vou lá... Consegui um contato que vai acompanhar meus trâmites.

— É a última cartada. — Rolly coça a cabeça. — Vamos esperar que não seja necessário.

Silvana confere as horas no celular:

— Que tarde! Tenho que buscar as crianças, senão é divórcio na certa. Ah, um aviso pra vocês: já depositaram o aumento das paritárias.

— Amanhã continuamos. — Carla se vira para Rolly: — Você vai ficar mais um pouco?

— Sim, gatinha.

Silvana desliga o computador e sai da repartição. Rolly procura o maço de cigarros no bolso da calça jeans. Pega um. Acende. Apoia as costas na parede. Carla se aproxima, fica de frente para ele e o encara: sorri, cúmplice. Ele aspira fundo e solta anéis de fumaça para cima. Carla não se rende: agora tenta se colocar ao lado dele, procurando o toque inevitável. Rolly reage dando alguns passos para a direita:

— Que foi, quer uma tragada? Faz tempo que você está em cima de mim.

— O que está acontecendo com você?! Faz um século que não me leva ao terraço. — Carla bufa. — Já não te excito mais? Você está transando com a novata? É isso, não é? Vai lá, vai concorrer às eleições. Uma transa, uma progressão. Vamos ver quem vota em você.

— Do que você está falando? Você está louca! Sempre paranoica.

Ele dá a última tragada, joga o cigarro no chão e pisa com força na guimba.

— Imbecil! — ela grita — Quem é que está sempre do seu lado? A novata jovenzinha ou a Carlita aqui?

— Cuidado com essa boquinha!

— Cuidado você! Se eu descubro que eles promoveram a novata, conto toda a sua falcatrua com o sonso do Guillermo e esse contrato. — Ela o ameaça com o dedo indicador. — Era só o que faltava... Você acha que eu não sei que o merda do chefe está repassando uma parte pra você? Você está transando com ele também?

Enfurecido, Rolly se planta na frente dela, sacudindo-a e gritando:

— Fala comigo assim outra vez e acabo com você! — Agarrando-a pela cintura, ele a imobiliza contra a parede. Ficam cara a cara. — Você entendeu? É a última vez que eu te digo! — Ela tenta fugir, mas ele a impede com o joelho. — Vaza daqui! — Rolly grita. Solta Carla e chuta a parede.

— Seu merda!

Um estrondo encobre o grito de Carla: as duas prateleiras penduradas na parede desmoronam no chão. Pastas, arquivos e processos: esparramados e cobertos de erva-mate. Em cima de tudo, aparece o caderno que Laura estava procurando. A capa diz: Relatório Institucional da Entidade. Ano 2009.

# 2

NELLY REVIRA a gaveta de ponta a ponta, enfia os dedos até o fundo, alcança os cantos com a ajuda de um esquadro, mas nada... Encontra o rádio portátil e as únicas coisas que consegue tirar são três balas Suchard velhas que grudam em suas unhas vermelhas recém-pintadas. Mais ao fundo, uma foto em preto e branco, um cartucho furado, fio dental, uma caderneta de saúde amarelada, incensos de patchuli e uma massa pastosa de formulários 472, felpas, vales-alimentação, restos de cola.

O ramal toca. Ela não atende. Continua concentrada procurando o bilhete de trem em que está anotado o telefone de José Luis.

Ela o conheceu em um domingo de inverno. Voltava de trem depois de visitar uma prima em Bella Vista quando um homem se sentou de frente para ela. Ele carregava dois sacos gigantes de juta transbordando de pêssegos. Estranho. Não era fruta da estação. Apoiando-se no vidro frio e embaçado, ela viu um pêssego rolar e pousar na ponta de seu sapato. O homem misterioso se abaixou e, quando agarrou a fruta, roçou levemente na perna de Nelly e olhou para ela...

— Me desculpa — disse o senhor dos pêssegos.

Nelly estremeceu. Um calorzinho agradável se espalhou em círculos por sua barriga. A revolução solar, pensou ela, neste ano Vênus vai bater na minha porta. É isso. Finalmente. Hipnotizada pela magia do encontro, respondeu, sorrindo:

— Não precisa se desculpar, não é todo dia que um pêssego aterrissa em um sapato, não é verdade?

O senhor dos pêssegos riu, intrigado, e perguntou:

— Quer provar um?

Nelly aceitou. Acariciou a casca peluda e inclinou a nuca. Passou os dedos pela fruta, mantendo o olhar no homem, deu uma mordida e o suco do pêssego jorrou. Limpou a boca com a palma da mão e sorriu para ele:

— Delicioso!

— Fico feliz que tenha gostado. Meu nome é José Luis, tenho uma barraca no mercado central, só de frutas, mas sou especialista em pêssego... Meu velho me ensinou que é melhor se dedicar a uma coisa só que diversificar e vender de tudo... Vou descer na próxima parada, mas, se quiser voltar a saborear os melhores pêssegos de Buenos Aires, deixo meu telefone com você. Vou anotar no bilhete — concluiu o homem e lhe entregou o papel com um número de celular.

— Muito obrigada, meu nome é Nelly — disse e aproveitou a oportunidade para roçar a mão na dele. Pele áspera, pele digna: pele de trabalhador. Durante todo o tempo que teve até chegar em casa, Nelly ficou com a bochecha apoiada no vidro frio do trem pensando na pele áspera de José Luis. Guardou bem o bilhete em um bolsinho interno da bolsa. No dia seguinte, o deixaria no lugar onde tinha que estar: sua gaveta. Com os incensos, as gotinhas de anis, as cartas de tarô.

Ela planejava ligar para ele logo pela manhã, quando ninguém tivesse chegado à repartição. Precisava estar sozinha, falar com calma. Mas agora ela revira a gaveta e o bilhete não está lá.

O ramal toca de novo. É Jorge, dos Serviços Gerais.

— Diga, querido — ela responde enquanto segura o telefone com o ombro, a mão tateando a gaveta.

— Seu pedido está comigo, minha linda. Três rolos de papel higiênico, cinquenta envelopes tamanho ofício, duzentas etiquetas e duas resmas.

Silêncio. O pensamento de Nelly vagueia pelos corredores de seu grande gaveteiro. Percorre mentalmente todos os vãos e cantos: visualiza a tesoura, seus brilhos e reflexos, seus altos e baixos, suas aberturas.

— Você está aí? — Jorge insiste do outro lado da linha.

— Sim, desculpa. Muitíssimo obrigada, você é um anjo. Como estão os meninos?

— Ótimos. Este ano Pablito termina o ensino médio, te contei? Vamos ver o que vai fazer agora, as coisas estão difíceis aqui na Entidade, né? — pergunta ele, e faz uma pausa. — Será que no setor de Projetos não tem um lugarzinho pro menino? Ele é torcedor do Ferro[1] como os da comissão, com certeza não vai aprontar, o garoto é rápido, você não imagina como se vira na internet, é uma fera.

— Querido, não está nada fácil com a comissão. Prometo que antes das eleições cuido disso.

1. Time de futebol Ferro Carril Oeste, fundado no bairro de Caballito, em Buenos Aires, por funcionários das repartições da empresa argentina Ferro Carril Oeste. [N. T.]

— Obrigado, você sabe que qualquer coisa é só ligar no meu ramal e estou às suas ordens, como um general.

— Claro que sei! Me desculpa, não posso falar agora. Amanhã passo na sua sala pra pegar as etiquetas e tomamos um mate — ela se despede e desliga o telefone.

Não há mais tempo a perder, pensa Nelly. Determinada, pega um conta-gotas da gaveta e pinga na língua. Fecha os olhos, põe a mão no peito e fica ali, meditando. Seu corpo levita, até que um raio a atravessa. Ela acomoda a cabeça no encosto da cadeira, afunda o corpo no trono. A adrenalina da decolagem, como sempre, ela pensa enquanto penteia o cabelo loiro, emaranhado e desgrenhado. A cadeira desliza a toda velocidade por um trilho estreito. Vai para a esquerda, para a direita. Faz o retorno e começa uma descida em linha reta e rápida em direção à gaveta. Ela sente medo, mas gosta. Excitação. Juventude. Paixão. A energia de seu ascendente em Áries, tudo se encaixa, se convence.

Na entrada da gaveta, a cadeira se afasta do trilho e levanta voo. Gira para trás: o telefone, agora gigantesco, toca. Mas não, não pode atender, voltar agora é perigoso. Além disso, está na melhor parte, flutuando. Como é bom: ver tudo de cima, em seu trono. Aproveita o tempo de voo para um retoque final de batom e blush. Pega o espelho, se olha e sorri no ar.

Abaixo, a gaveta aberta. As entidades se preparam para as boas-vindas. Carregam incensos e os organizam formando um grande círculo. Com um incenso aceso, o chefe da operação acende o círculo, iniciando a cerimônia de abertura. No ar, um aroma intenso de patchuli. Os carregadores entoam um mantra. Começam muito baixo e, pouco a pouco, vão aumentando o volume. O gaveteiro treme.

Nelly contempla a cerimônia enquanto aterrissa com a cadeira. Duas entidades acomodam a régua em um ângulo de quarenta e cinco graus.

— Aí está bom — diz uma entidade à outra.

— Beleza! — gritam do fundo da gaveta — Está tudo pronto! Pode descer!

Nelly desliza a toda velocidade pela régua. Outra vez a energia de Áries; o vento bate em seu rosto, despenteia o cabelo. Aventura. Cai, quica e colide contra uma madeira quebrada. Sempre a mesma coisa, pensa. Quando vou aprender a amortecer o peso? Montada em um grampeador, aproxima-se uma entidade solidária que a ajuda a se levantar:

— Você deve estar cansada da viagem. Estão assando uma linguicinha de lentilha. Você aceita?

— Não, obrigada, linguicinha agora não. Não me cairia bem.

Nelly sacode a poeira e olha ao redor. A perplexidade inicial é inevitável. Está usando o vestido de veludo vermelho: perfeito, diz a si mesma. Tira os sapatos de salto e se prepara para uma longa busca. Ela sabe que encontrar o telefone de José Luis levará tempo.

Olha ao redor. O espaço é imenso, sombrio e luminoso, a depender do ângulo de visão. O mantra continua soando, uma multidão de entidades o entoa. Ao fundo, a fábrica de macramê e sua inconfundível etiqueta com o símbolo da paz na fachada. De qualquer ângulo da gaveta, dá para ver a chaminé, de onde sai uma fumaça multicolorida. A usina, em plena atividade. Do nascer ao pôr do sol, as entidades depositam fios coloridos em carroças e os levam aos teares.

Em um canto da gaveta, uma cascata de tinta azul jorra de um cartucho e forma uma lagoa ao lado do prado de erva-mate, onde um grupo de entidades se banha e esguicha água; outras pescam usando fio dental e pedaços de balas Suchard como anzol. Não havia isso antes, Nelly pensa, confusa. Lembra-se dos problemas ambientais da fábrica de macramê e supõe que essa lagoa artificial faça parte de uma política para dar um pouco de verde à comunidade gaveteira. Nos últimos tempos, entidades ambientais montaram piquetes queimando fitas adesivas e interrompendo vários acessos centrais do gaveteiro. Deve ser por isso, se convence.

Por onde começar? Em sua visita anterior, passara um bom tempo conversando com a taróloga: ela é a única, pensa, capaz de encontrar até a menor partícula de poeira com apenas uma leitura das cartas. Tenho que encontrá-la, é a chave para o bilhete com o número do José Luis.

— Nelly, cuidado! — grita desesperada uma entidade. — É um tsunami! Corra! Vá se refugiar na tenda dos vale-alimentação! Ali estão os preservativos salva-vidas!

O aviso chega tarde demais. Uma onda gigante de tinta a engole e arrasta. Desesperada, ela tenta escapar... Não consegue... Azul, vê tudo azul.

Abre os olhos. Carla a encara, a mão apoiada no gaveteiro.

— Querida, o que você está fazendo?! — exclama Nelly. Metade do seu rosto está manchado de tinta azul.

— Deixa eu te ajudar a arrumar esse gaveteiro, está um desastre. Não entendo como você consegue encontrar alguma coisa no meio dessa bagunça. Por favor, olha só pra você... — Carla diz e, com um lenço úmido, enxuga o rosto de Nelly.

# 3

A VELHA adiantou a aposentadoria e o maldito Guillermo ainda não me disse nada. Rolly, com o garfo, espeta, aperta, amassa, esmaga e desenha um quadriculado na última almôndega do prato. A alface fica de lado, sozinha. As bolinhas de carne moída, cobertas por um molho marrom espesso. Menu de quinta-feira: cinco almôndegas e umas folhas de alface. O garfo começa um jogo de caça, percorre a cerâmica branca, atinge as folhas verdes e recomeça.

Se a história da velha tinha chegado até Carla, é porque a coisa estava esquentando. Que boca grande essa menina. Precisava descobrir quem sabia. Com a grana que sobraria após a aposentadoria de Nelly, prometera três progressões e uma vaga. Tinha tudo armado com a comissão do sindicato. Mas o Tripa pedia, em troca, votos nas eleições. E era uma luta consegui-los.

Levanta os olhos do prato, o ambiente se encolhe, as paredes o pressionam e encurralam. Através da jarra de vidro, vê Laura: ela sorri e exibe os seios para dois caras da comissão na mesa do fundo. O que o pessoal da comissão está aprontando com Laura? O som do rádio ao fundo se mistura com o do cintilar da luminária de tubo no teto. Ele sua e as mãos tremem. Não aguento mais, se desespera. Preciso ir ao terraço.

Procura a chave no bolso do jeans, não a encontra. Tira o suéter. Tenta controlar as pernas e os braços, que se movem por conta própria. A boca seca. Pega o copo, bebe água: gelada. O tremor, mais forte. Coloca a jaqueta. Seus dentes batem, rangem. O estômago arde. Uma queimação sobe pela garganta. Arrota: uma, duas, três vezes. Dá um jeito de pegar um guardanapo. Embora suas mãos tremam e o corpo todo esteja agitado, tenta fazer as contas. Escreve no papel fino e transparente. Nem sonhando, não tenho como pagar o cara. Não tenho escolha a não ser colocá-lo para trabalhar na limpeza. Mas o maldito Guillermo vai liberar no máximo um cargo e já o tinha prometido ao primo. O outro jeito é perder uma progressão, mas aí o pessoal do setor de Projetos vai matá-lo. Ou abrir mão de sua transferência para Assessoria e Cerimonial. Mas isso ele não quer. Lá certamente pode ficar coçando tranquilamente. Não tem horário fixo e o sonso do chefe só aparece duas vezes por semana às três da tarde.

Enfia a mão no bolso da jaqueta: ouve o barulho. Ali estão, finalmente, as chaves do terraço, o único jogo que há na Entidade. Ele se levanta e caminha até a porta. Sente náuseas, a cabeça lateja. Olha para trás: Laura continua com os caras da comissão. Seus peitos quase escapam do decote. O cheiro de molho das almôndegas. Nem olhando para aqueles peitos conseguiria transar agora. Que nojo. Um pedaço de carne moída lhe volta pela traqueia. Ânsias de vômito. Acelera o passo. Caminha quase correndo pelo corredor longo e estreito, como o de um hospital. Ouve passos atrás, melhor não virar. Finalmente, chega ao banheiro. Puta merda, a porta está trancada. Empurra com força. Entra. Abaixa-se e olha para o vaso sanitário: entupido, cheio de merda e papel. Ao lado, o lixo transbordando. Puxa a descarga. Não desce. Cheiro de mijo. Ânsias. Abre a torneira para que não ouçam. Uma folha de alface lhe surge na língua, é a primeira coisa a sair, depois vêm os pedaços de carne moída. Sai rápido para evitar uma nova ânsia. As chaves, onde estão? Procura nos bolsos da calça e na jaqueta, nada. Cruza o corredor outra vez e por sorte estão lá: brilham como um punhado de ouro no meio da pobreza. Então abaixa e as pega. Olha para todos os lados: não tem ninguém, é agora. Vira à direita e abre a porta de emergência, sobe dois andares e para. O coração parece uma bomba. Senta-se na escada. Enfia a mão no bolso da jaqueta e encontra um pedaço de papel amassado, mas vivo. Está tudo bem, não tem problema, se for preciso dou uma de Keith Richards: limpeza de sangue e *voilà*, dizem que funciona, ele se convence. Abre o papel plástico, espalha o pó no segundo degrau, com um cartão forma uma linha perfeita, com o dedo indicador cobre a narina, agacha e aspira com força. Agora sim. O Rolly está de volta. O de sempre. Vai resolver a história das progressões, das novas vagas, da transferência, da velha, da puta da novata com seus peitos... Mas, antes, ao terraço. Sobe mais três andares e chega ao topo do edifício. À direita, a grade, com cadeado. Pega a chave e o abre. Sobe a última escada, escura e íngreme, até uma porta estreita de metal amassado. Chuta e entra. Por fim, o Rolly está de volta ao topo. Acende um cigarro e dá uma longa e profunda tragada. Ah, como transaria com a novata em seu terreno. Depois de comer uma linguicinha e cheirar uma carreira. Assim, de uma só vez, pegaria a garota pela cintura e diria, vamos lá, não se faça de tonta, eu sei que você quer, pode ir virando, vamos, eu sei que você gosta. Senta no cimento úmido e sua bunda fica molhada. Põe fogo no maço de cigarros vazio.

# 4

ENQUANTO COME empanadas na frente do computador, Laura revisa o acordo coletivo de trabalho. Destaca com marcador amarelo o artigo que sabe de cor, aquele que diz que, com diploma universitário, o "agente" corresponde à categoria B. Já chorou, fez escândalo, mas ninguém lhe deu bola. Faz dois anos que começou a trabalhar na Entidade e ainda é a novata. Já é do plantel fixo, mas não basta, quer o que merece por tantos anos de estudo. Confere seus e-mails e abre um cujo assunto é "A Entidade se despede de Oscar Quintana". Vê as horas no celular: está começando. Por que não lhe avisaram desse cara que está se aposentando? E a grana que vai sobrar, para quem vão repassar? Estala os dedos. E ela pensando que os outros tinham ido almoçar. Claro que Rolly e Carla estão tramando algo e vão deixá-la de fora. Vai sobrar grana para alguém da repartição? Eles têm que lhe dar sua progressão. Já chega, deu! E, com esse pensamento, ela desliga o computador, sai da repartição e vai para a cerimônia.

Laura se senta na parte dos fundos de uma sala lotada. Longe do tumulto. É melhor ter uma visão panorâmica de todo o espaço para identificar o foco da confusão. Um cara se senta a seu lado. Ela não gosta. Levanta-se e vai para a outra ponta. Pega o caderno, começa a anotar.

"Esquerda → grupo de homens encostados na parede"; "tatuagens nos braços (elefante buda?)", "colegas de Oscar na Manutenção?".

Algo disso tem que servir para um artigo ou pelo menos uma palestra, pensa Laura, e continua escrevendo. Bem na sua frente, passa um carrinho que a distrai. Leva Coca-Cola, Paso de los Toros e Sprite na bandeja de baixo. Na de cima, sanduíches estão agrupados em monoblocos compactos.

Volta a escrever: "Senhoras → primeiras filas"; "Camisas senhoras → azuis e pretas, soltas (mais parece um velório do que uma despedida)"; "Olhos → sombras azuis-claras, pálpebras (parecem cansadas)"; "Lábios com batom (fora de moda?)".

Ansiosa, Laura se aproxima das senhoras. Anda rápido na direção do grupo. As velhas devem saber alguma coisa, ela pensa. Tropeça no carrinho de bebidas. Desajeitada e observada, rapidamente decide pegar a garrafa de Sprite e se servir de um copo cheio. Bolhas estouram e ricocheteiam com força na garganta. Recupera a confiança, não pode perder a oportunidade de descobrir o que está acontecendo. Anda e fica a um metro de distância da cena. Ali, para e se instala. A localização lhe permite ver os rostos, os gestos e até ouvir as conversas. Ninguém fala da grana que vai ser liberada com a aposentadoria de Oscar, talvez porque perceberam que ela está ali.

— Eu já passei por muitas despedidas, você se lembra da Irene, do Alfredo, do Luis? Aff, não tenho nem dedos pra contar. Chorei em todas. — A mulher se emociona. Uma mão vizinha lhe alcança um lenço. — Não, obrigada, tenho aqui — ela responde, fungando enquanto pega um pacote da bolsa. Assoa o nariz três vezes seguidas. A última assoada, mais fraca, dilui-se até se fundir com os murmúrios do resto do grupo.

Laura dá dois passos à frente. Quer ver as mulheres de perto. Para e pensa: o que será que essas senhoras vão fazer no fim do dia? Vão escutar músicas do Sandro?[2] Vão contar ao marido sobre o evento? Vão pensar em Oscar antes de dormir? Vão continuar chorando na cama?

Por um instante, ela fantasia seguir uma delas por um dia inteiro e registrar todas suas ações. Quem escolheria? Possivelmente a ruiva da esquerda, que segura um casaco de camurça azul. Lembra que a incluiu no diagrama de parentesco: é prima da secretária particular do departamento de Contabilidade e ex-mulher de Aníbal, chefe do setor de Assessoria e Cerimonial, com quem teve dois filhos; a filha trabalha como recepcionista no setor de Protocolos; e o filho, cego de nascença, entrou há dois anos para vender comida em uma das bancas que ficam na Entidade. Disseram que sua admissão era uma resposta à pressão do governo para que aumentassem a contratação de pessoas com deficiência, já que estavam muito longe dos quatro por cento estabelecidos por lei. Tudo muito bonito para a palestra, ela pensa, mas nada disso serve para que ela possa subir na carreira com a progressão.

Uma voz aguda a obriga a voltar à cena. Continuam na mesma:

— Olha essa foto, ei, você se lembra, Beatriz? Como passa o tempo. Dez anos atrás, no bingo do final do ano. Ah, ali no fundo é o Ramón. Foi justo um ano antes do acidente.

2. Roberto Sánchez Ocampo (1945–2010), mais conhecido como Sandro, foi um cantor e compositor argentino bastante conhecido na América Latina. [N. T.]

Sem perceber, ela se encontra no meio da roda de mulheres se esticando para vislumbrar a foto do bingo. Assim que se dá conta de sua intrusão no grupo, propõe-se a assimilar o máximo possível. Pega uma presilha da bolsa, prende o cabelo e pergunta:

— Alguém quer algo para beber? Sprite, Coca, Paso de los Toros. Algum sanduichinho? Parece que desta vez compraram na padaria boa, a Montecastro.

Como dominós caindo um sobre o outro, os rostos das senhoras se voltam um a um na direção de Laura. Melhor procurar seus colegas de repartição. Afinal, é a esse grupo que pertence na Entidade. Não tem escolha a não ser aceitar. Assim são as coisas. Que história é essa de fazer papel de boba entre senhoras com mais de cinquenta anos? E, além disso, o que essas velhas sabem sobre as finanças da Entidade? Nada. Se sobrar algo, certamente não vai ser para elas.

Acomoda a bolsa, vira-se e se dirige ao lado esquerdo do salão. Depois de sua trapalhada, decide voltar a seu papel de observadora e não ser participante desta vez. Ali, ao redor da mesa, estão Rolly, Chelo e Carla. Discutem acalorados. Laura percebe que eles a veem. Não conseguiu escutar nada. Eles mudam de assunto:

— Me alcança um de presunto e queijo e um copo de Sprite — diz Rolly ao colega mais próximo.

Chelo pega a garrafa, despeja o líquido sobre o copo de plástico, estica o braço até alcançar o sanduíche e exclama:

— Ah, mas olha só, estamos evoluindo, passamos da mortadela ao presunto cru! Depois essa gentalha diz que não existe mobilidade social, que as coisas não vão bem. Aqui está, a festa peronista a todo vapor.

Carla, de franjinha curta, minissaia que acomoda suas nádegas como embutidos, tênis branco Topper, grita:

— Bando de idiotas! Se fosse peronista, teríamos linguiça! Galera, quando vamos estrear a *parrilla* do terraço?

— Fala baixo, gatinha! Aqui está cheio de cobras — adverte Rolly, mordiscando o sanduíche.

De repente, levantam câmeras e celulares. No meio do tumulto, Oscar aparece. Cabelos grisalhos, olhos puxados e pele morena, o homem que está há mais tempo na instituição se dirige devagar e lentamente à mesa de cerimônias. É acompanhado por colegas da Manutenção; do outro lado, o presidente da Entidade ajusta o paletó.

As pesquisas que Laura fez antes do evento lhe permitiram traçar um perfil do trabalhador: trinta e cinco anos na Entidade; dez transferências; sete progressões — o máximo possível —; amigo e inimigo de *radichetas* e *peronchos*;[3] todas as vezes que lhe ofereceram concorrer a representante da comissão interna, não aceitou: já era suficiente ter que cuidar dos bobalhões da Manutenção; conhecedor da localização de todas as chaves mestras, dos problemas dos antigos canos do edifício, das possíveis infiltrações, das avarias dos elevadores, dos truques das instalações elétricas.

O presidente toma a palavra e começa a cerimônia:

— Há muitos trabalhadores que estão se aposentando...

3. Formas depreciativas utilizadas em referência a posições políticas contrastantes na Argentina. *Radicheta* é um apelido dado aos radicais, um jogo com as palavras "radical" e "radite", hortaliça de sabor levemente amargo (característica que os peronistas atribuem aos antiperonistas). *Peroncho* é uma junção de peronista com groncho (adjetivo usado para descrever pessoas desalinhadas, de mau aspecto, em função do lugar que ocupam em classes sociais mais baixas). [N. T.]

Mas como Oscar... Em poucos dias começará o inverno e precisaremos ligar a caldeira. Oscar não estará lá e, sem dúvida, nos lembraremos dele. — Um homem alto e magro coloca um pacote retangular sobre a mesa de cerimônias e faz um sinal para o presidente. — Em nome da Entidade, lhe entregamos, em sua homenagem, este humilde presente.

Aplausos. Assediado por flashes e olhares, Oscar se aproxima da autoridade máxima da Entidade, abraça-o calorosamente e recebe o presente. Abre o pacote e o mostra ao público: em uma moldura gigante, o retrato de Oscar encostado na caldeira junto a sete colegas. Na parte inferior da foto, em letras grandes e em itálico, a mensagem: Vamos sentir saudades de você!

O presidente pega o microfone e, quando começa a falar, tropeça no cabo. O som é cortado. Assobios. Laura aproveita a interrupção e a confusão para retomar suas anotações. É complicado. Está parada, com o bloco apoiado no joelho, equilibrando-se. Esquece-se da progressão, pensa que este é um momento maravilhoso, memorável. Felizmente, um técnico da Manutenção aparece e corrige o problema.

O presidente passa a palavra a um colega de Oscar:

— Oscar me salvou. Uma semana depois que comecei a trabalhar aqui, um cano quebrou. Eu não sabia o que fazer, não sabia nada. Ele me ensinou tudo. Em nenhum curso aprendi tanto como com Oscar. É um pai pra nós. A vida lá fora é muito difícil... E aqui dentro nos sentimos seguros.

Laura se emociona e anota: Fora × Dentro. Segurança. VER.

Obriga-se a voltar à cena. Já se repreendeu mil vezes por se desconcentrar tanto. Para que servem as aulas de ioga? Aqui e agora, aqui e agora, aqui e agora... Uma respiração profunda e está de volta. Seu olhar se dirige ao grupo de mulheres que, envergonhada, ela abandonou.

As senhoras, que pararam de chorar há alguns minutos, formam uma fila e escutam, agora abraçadas. A ruiva se apoia nos degraus para fotografar a cena. Tem dificuldade de encontrar o ângulo. O médico, de uniforme branco e estetoscópio pendurado, parado atrás, fica inquieto e toca as costas da senhora. Pede para ela se abaixar.

Laura se contém. Não quer chorar. Isto não está certo, pensa. Mas não consegue se controlar, os olhos lacrimejam. As retinas brilham e, sem querer, uma lágrima desliza suavemente por sua bochecha.

Os colegas da Manutenção passam o microfone a Oscar. Silêncio na sala. Câmeras e celulares são erguidos novamente.

— Obrigado, muito obrigado. Isso é como uma casa pra mim. Vou sentir saudades de vocês. Vou visitá-los sempre.

Seus colegas o abraçam e dão tapinhas em suas costas. Em seguida, posam para a foto.

Laura segura o choro e escreve: "Oscar → emocionado, não chora".

Será que lhe ensinaram que chorar não é coisa de homem?, pensa Laura. Quantos filhos será que ele tem? Sabe que um deles havia entrado na Entidade no ano passado, mas certamente devia ter outros. Aff, não tem muitos dados sobre Oscar. Precisa entrevistá-lo antes que vá embora. É fundamental. E, além disso, se conquistar sua confiança, talvez ele lhe conte algo. E assim mata dois coelhos com uma cajadada só.

Aproxima-se da mesa de cerimônias. Em meio a tanta comoção, ninguém percebe que ela está ali. Apoia o caderno e anota: "Fila para cumprimentar Oscar. Senhoras na frente. Ansiosas → câmeras preparadas. O representante vai embora sem cumprimentar". Circula a frase com caneta vermelha. Não sabe se é uma boa ideia ficar e entrar na fila. Teria que cumprimentá-lo, agradecer-lhe e tirar uma foto. Assim, depois ele não a esqueceria para a entrevista.

Lenta e emocionada, caminha em direção à fila. Procura seu fim e para. Há quinze pessoas na sua frente. Primeiro as senhoras, frívolas e ávidas por protagonismo; depois, os colegas da Manutenção, robustos e corporativos; depois, Laura, sozinha.

Para de anotar. Funde-se com o ambiente e as pessoas ali. Chega a sua vez. Olha profunda e fixamente para Oscar, que lhe parece amável e forte. O barulho não a distrai, é apenas música de fundo. Embriagado de flashes e abraços, ele olha para ela confuso. Franze o cenho e Laura teme que ele pergunte quem é ela. Mas não. Embora pareça não a ter reconhecido, Oscar a recebe em seus braços e a envolve. Ela levita e sente que eles voam juntos pelo salão, abraçados.

— Já deu, querida, larga o velho que a fila é grande — apressa Rolly com um tapinha em suas costas.

Laura se assusta. Pesada, separa seu corpo do de Oscar. Ele, em um gesto de ternura, diz:

— Vamos lá, querida, vamos deixar esse tirano tirar uma foto nossa pra parar de encher o saco.

— Esse velho não para nem no dia da despedida... — resmunga Rolly enquanto pega a câmera. — Linda, tira a garrafa de Paso de los Toros da frente, está te tapando.

Laura e Oscar se abraçam, olham para a frente e sorriem. Rolly aperta o botão da câmera.

Laura olha para trás, quase não há mais ninguém na sala. Vai ao banheiro e escreve: Falar com Oscar e com o chefe da Manutenção, ver com quem eles andaram armando; Rolly e Carla estão metidos em alguma coisa.

# 5

POR TODOS os lados, no dia seguinte ao tsunami de tinta, as entidades se esmagam e se entrelaçam enquanto choram, desconsoladas. Cheias de raiva, algumas batem furiosamente no canto direito da gaveta; arrancam pedaços de madeira para usar como bastões de combate e se cobrem com ilhós. Marcham: compactas, alinhadas, decididas. Outras caminham perdidas e sem rumo, esbarrando umas nas outras.

O centro de saúde está em colapso. Rolando sobre as fitas adesivas e apoiadas em cotonetes chegam as macas de vale-alimentação.

— Abram passagem, vamos lá... A taróloga... Está nos deixando... — Uma maqueira cai em prantos.

Entidades que estavam abarrotando o portão desobstruem a entrada. Enquanto se dispersam, duas sussurram:

— Tem certeza de que é ela?

— Sim... é. Tem a marca do buda — responde a outra entidade, agarrando a própria cabeça e sacudindo-a de um lado ao outro.

— Ai... — Ela chuta a madeira com tanta força que a fura. — Com tantos filhos da puta nesta gaveta... Dá pra acreditar?! Se ela nos deixar... — Funga e respira com dificuldade. — Quem vai contar pra Nelly?

Afastam-se do caos em um ritmo lento e escalam uma montanha de erva-mate. Ao chegar ao topo, uma dá pé para que a outra alcance a borda da gaveta. Quando uma chega em cima, agarra a outra pelo braço até conseguir levantá-la. Sentam-se, e suas patas ficam balançando. Ficam lá por um longo tempo, observando pensativas os saques na fábrica de macramê. Correndo, entidades deslizam pela chaminé. Algumas, impetuosas na porta, pressionam para entrar. Fios coloridos se amontam em uma carroça que elas empurram, inflamadas.

Uma das entidades se instala na borda. Vira a cabeça para sua companheira:

— A guerra de todas contra todas... A gaveta está perdida. Olha ali, em frente à fábrica — diz apontando —, as ambientalistas em cima da régua estão enlouquecidas...

— Morte ao macramê! Assassinos! Chega de fumaça colorida — ouve-se da borda.

Nas proximidades da lagoa artificial, entidades socorristas vasculham incansavelmente montes de erva-mate, emaranhados de fio dental e cartuchos amassados.

— Um horror, ainda estão encontrando sobreviventes.

— Estou cansada de ver tudo daqui, quero estar lá — diz a outra, com o olhar perdido e arranhando a madeira. Vamos voltar?

— Ok.

Elas descem, enterrando metade do corpo na erva-mate. Entre a escuridão e a aglomeração, deparam-se com pequenos santuários. Um círculo de incensos acesos ilumina um punhado de erva-mate umedecida; um porta-retrato com a foto de uma entidade pescando uma bala Suchard durante a inauguração da lagoa artificial se apoia, inclinado, sobre uma pedra luminosa; acompanham um par de cartas de tarô, destruídas pela água, e uma pulseira de macramê desbotada.

Uma das entidades se ajoelha. Cabeça baixa, olha para o chão. A outra se aproxima e lhe dá um tapinha no peito. Explode em lágrimas. Elas se abraçam e choram por um bom tempo, até que veem o cortejo fúnebre chegar atrás. Avança lentamente em uma fila de grampeadores que carregam os caixões.

— Vamos, vai começar. — A entidade a agarra pelo braço e a leva praticamente arrastada.

No palco, duas entidades fazem a passagem de som e deslocam o rádio portátil de um lado para o outro. Outra ajusta o microfone, tira a poeira e começa solenemente o discurso:

— A gaveta está de luto. Isto é... A palavra tragédia não é suficiente para... — A entidade porta-voz cai em prantos e abraça a que está a seu lado, continuando como pode: — Com profunda dor, assumo a responsabilidade que o cargo me confere de comunicar sobre as vítimas do tsunami de tinta, ocorrido ontem, às quinze horas e quarenta minutos.

Assobios e empurrões na plateia.

— Cinco entidades faleceram. — Ela olha para baixo. — Vinte e cinco estão sendo tratadas no centro de saúde, três estão lutando por sua vida. Entre elas, a entidade taróloga... — Faz uma pausa, respira fundo e continua: — É muito grave, a equipe médica falou que o prognóstico é desfavorável e que é fundamental uma evolução nas próximas quarenta e oito horas.

Sussurros. Explosões de pranto. Unidas, as entidades buscam consolo desesperadamente. Um grupo desmorona na superfície de madeira. A gaveta fica inclinada para a direita.

— Por favor, por favor, peço que se acalmem. — A porta-voz ajusta o microfone e continua: — A equipe de resgate está trabalhando sem parar na busca por sobreviventes. Até agora o número de desaparecidos é de trinta e...

Confusão. Perplexidade. Um grupo rebelde, armado com bastões, abre espaço à força e se dirige ao palco.

— Vamos dar no pé — alerta a entidade enquanto puxa a companheira pelo braço.

Elas correm para o outro extremo da gaveta. Freiam quando chegam à borda:

— Olha quem está ali — aponta uma delas.

Atônita, atrás de tudo, Nelly observa encostada em um canto da gaveta, com seu vestido de veludo vermelho destruído, as pernas esticadas, descalça e com um sapato na mão. Acaricia a própria palma da mão, esperando sentir a pele calejada de José Luis. Fecha os olhos. Revive o sonho da última noite: faziam amor em um campo de pêssegos. Suspira, desanimada. Sem a taróloga, os pêssegos, José Luis e seus preciosos calos estão mais longe do que nunca.

— Nelly — grita uma voz próxima.

Ao ouvir seu nome, pula sobre a gaveta. O sapato escorrega de sua mão, bate na madeira e fica de cabeça para baixo, com o salto virado para cima. Ela se sacode e se apoia de novo na borda.

— Que bom que você está bem, estávamos preocupadas — diz uma das entidades com os braços na cintura.

— Queridas! Quase me matam de susto.

— Sempre tão exagerada... Você não tem outra roupa? Olha pra você: seu vestido está todo molhado... Vai ficar doente. E cuidado que hoje em dia não há entidade que a cure de uma gripe.

— Vocês têm que entender, eu não quero tirar. — Pega a ponta do tecido, amassa o veludo vermelho e o torce até parar de pingar. — Este vestido é a única coisa que faz com que eu me sinta próxima de José Luis.

Ela fecha os olhos. José Luis abaixa uma das alças de seu vestido com os dentes. Continua beijando seus seios.

As duas entidades cochicham entre explosões, corridas, golpes e gritos. Até que uma levanta a cabeça e olha para Nelly:

— Como pode... A gaveta desabando e você pensando nesse cara. Além disso, você não ouviu no ato? A taróloga está em coma...

Nelly abaixa a cabeça e suspira colocando a mão no peito.

— Sim, eu sei... Mas não perco as esperanças... Alguém tem que me ajudar a encontrar esse bilhete! — diz, desesperada, enquanto passa a língua pelos lábios. José Luis lambe suco de pêssego de sua barriga. E depois a beija. Delicioso.

As entidades se entreolham, desconcertadas. Com um gesto de aprovação, uma diz à outra, olhando para Nelly:

— Ok, vamos te ajudar, mas as coisas estão complicadas. As entidades ambientalistas estão inflamadas, não podemos contar com elas. As massagistas não conseguem dar conta, estão trabalhando dia e noite no centro de saúde. As operárias da fábrica de macramê menos ainda; estão destruídas. Além da entidade que morreu no tsunami, outras três morreram após a explosão.

José Luis afunda os dedos em seus quadris e a puxa contra seu sexo.

— A taróloga — diz Nelly, convencida — é a única que sabe onde encontrá-lo. Ela vai me ouvir. Vou ao centro de saúde.

— Você está louca — exclama a entidade, levantando os ombros. — Ela está em uma ala de cuidados especiais. Não deixam ninguém entrar.

— Por favor, eu imploro... Pelo menos me levem lá, depois eu me viro.

As duas se olham preocupadas.

— Está bem — a entidade encolhe os ombros, resignada. — Mas cuidado, o caminho é perigoso. E nada de usar esse sapato — avisa.

As três saem caminhando pelo lado direito da gaveta. Vão em fila. Nelly, por último, sorrindo. José Luis já está dentro dela, ela o sente profundamente.

# 6

LAURA CAMINHA pelo corredor. De um lado, o lúmpen, com os produtos falsificados. Tenta não cruzar seu olhar. Já comprou duas vezes dele. Pronto, já é suficiente. Hoje não quer sentir seu hálito de álcool na nuca. Está errada? Hoje; não significa nunca. Hoje apenas; hoje.

O elevador, assustador, aparece a cada mil anos. Ela não quer subir tantos lances de escada, então precisará pegá-lo de novo com o babaca do quinto que, assim que toca terra firme, acende um cigarro. Para piorar, trancados naquele tubo de metal fedorento, ele olha para os peitos dela sem se importar com nada, sabendo que no quinto vai descer e viver impunemente: cada um o seu caminho. Tudo pela progressão. Falta pouco, mas quanto? Transar com o Rolly? É isso o que falta? Que nojo! Dois anos ali e já está se tornando um deles, mais uma entidade nesta Entidade de merda. E se daqui a vinte anos ainda estiver aqui, encontrando o lúmpen, velho e bêbado, e esse asqueroso que quer comê-la no elevador? É isso trabalhar aqui? Ver as mesmas pessoas e objetos por vinte anos, mas cada vez mais patéticos, como uma paródia.

Dois anos se passaram, Laura repete para si mesma, enquanto o elevador sobe. Tudo começou com um telefonema de uma tal

Marta para preencher os formulários de admissão. Disse: Venha amanhã cedo ou você não receberá por março. A entrevista tinha sido dois meses antes e parecia que sua contratação era certa, mas o tempo passou e ela não teve mais notícias. Àquela altura, pensava que algo tinha dado errado.

Naquela segunda-feira, entrou pelo saguão principal e, quando perguntou pelo setor de RH, olharam para ela com estranheza:

— Tem certeza? Você é nova, não é? E... É a sua vez então.

Indicaram-lhe o subsolo. Laura desceu escadas de mármore creme, a parte mais clara de um buraco negro fundo que parecia não ter fim. Virou para trás à espera de alguma companhia. Não via ninguém. Enquanto descia, o ar denso e pesado envolvia seu corpo e, quando chegava aos joelhos, afrouxava suas pernas até que ela não conseguisse mais senti-las. Esperava encontrar uma janela. Mas não encontrava. Ou não havia nenhuma. Nem sabia mais. O ambiente fedia a mofo e umidade. Acariciou a parede, precisava de tijolo, cimento, algo firme. Quieta, pensou: tudo que é sólido desmancha no ar. Mas o ar, onde está? Esfregou os olhos com a mão fria e empoeirada, o rímel manchou seu rosto.

O barulho do elevador parando no sexto andar interrompe a recordação de Laura. Entra na repartição. Cacete, não é possível que esteja sozinha, Nelly sempre chega cedo, é a única que cumpre rigorosamente o horário. Nos últimos tempos ela anda bem produzida: batom, salto e decote. Dizem que está enrolada com um tal de José Luis. Mas há quem pense que esse cara não existe, que a velha é louca de pedra. Tem uma obsessão pelo gaveteiro de sua mesa. Laura sente curiosidade e até um pouco de inveja. Ela nem sequer tem uma mesa. Começou a trabalhar há dois anos e ainda tem que se revezar para usar o computador. Está muito longe de ter a própria gaveta. O que guardaria em sua gaveta? Suas ridículas anotações de campo? Cigarro? Os pedidos de progressão?

Rolly entra segurando a barriga. Laura observa, curiosa, mas não diz nada. Ele se aproxima, levanta a camisa: tem um curativo ensanguentado. Sussurra em seu ouvido: Um macho mostra sua ferida de guerra. Com quem será que ele se meteu? Ela não quer perguntar. Está cansada, cansada de ter que imaginar, de ir atrás do que cada um está fazendo, com quem trepou, com quem brigou, como isso a afeta, com quem deve ser simpática, mostrar um pouco os peitos, só um pouquinho. Paciência, é preciso sobreviver e usar o que se tem de melhor. A antropologia aqui é inútil.

Ela ouve alguém abrir a porta. Em seguida, passos, que não identifica com os de ninguém da repartição. Ela se vira. Uma garota, tímida, pasta na mão, para ao seu lado. Olha para ela, procurando ajuda ou cumplicidade. Loirinha, arrumada, bem jovenzinha. Não vai durar uma semana aqui, pensa Laura, enquanto lhe vem a recordação de sua ida ao RH. Era uma segunda-feira quente de fevereiro quando, com olhos sonolentos, cílios curvados e uma bolsa a tiracolo, ela entrou no Inferno pisando em uma lajota solta. Por pouco não cai. A cada passo, uma força oposta, um ar espesso e denso subia dos arabescos das velhas lajotas coloniais. Como um gêiser.

Respira e volta à cena. Lembrar aquele dia a faz pensar que deveria ajudar a novata. Mas hoje não está a fim. A vaca da Carla faltou e o computador é só seu: em um dia desses, usá-lo é a melhor fuga. Ter sempre uma janela com um banco de dados aberto para exibir caso Guillermo, o chefe, entre. Enquanto isso, pode conferir mil vezes seus e-mails, entrar no Facebook com culpa, conversar com alguém. E tudo isso enquanto finge trabalhar. Ela não sabe ser preguiçosa. E, se não tem nada para fazer, ou simplesmente não tem vontade porque está cansada de tudo, vai fingir que está trabalhando. É uma merda fingir trabalhar. Uma coisa é fingir um orgasmo, outra bem diferente é fingir trabalhar. Fingir um orgasmo é fingir a felicidade. Fingir trabalhar é fingir a exploração, ser alienada. Ideologia pura. Ela fica entediada consigo mesma, com teorias que não lhe servem de nada. Basta de filosofar sobre trabalho e orgasmo!

Vai ao banheiro. Como não fuma, é a desculpa perfeita para tomar um ar. Quem vai lá procurá-la? Então, nada melhor que se refugiar no bunker de azulejos mofados. Olha-se no espelho, que é pior que os de elevador. Olheiras gigantes, imperfeições por todo o rosto, pés de galinha incipientes. Os trinta estão chegando, puta merda.

Limpa o espelho com a mão na esperança de se ver melhor, mas volta ao primeiro dia, àquela segunda-feira de verão, quando viu o Inferno nos monitores e CPUs obsoletos que se equilibravam em mesas transbordando de arquivos e documentos manchados de erva-mate. A entrada era por uma porta de cofre esmaltada. Uma placa com letras desbotadas anunciava o setor de RH. Ela bateu na porta duas vezes. Escutou passos. A porta se abriu e alguém disparou para dentro. Quieta, esperou receber algum tipo de boas-vindas, mesmo que fosse um olá, pode entrar. Nada. Talvez não estivesse entendendo os códigos, ali na Entidade era costume não cumprimentar, mentiu a si mesma.

Antes de entrar, inclinou-se sobre a abertura, metade de seu corpo para fora. Lá dentro estava escuro e enevoado.

Luzes no teto piscavam. Uma luminária azul iluminava vagamente um formulário de admissão, apoiado em uma pasta com abas, mas logo em seguida se apagou. Amarelas, as manchas úmidas nas paredes e nos tetos eram tumores malignos em fase de expansão. De um armário entreaberto, saíam traças. Uma delas pousou no doce com creme de confeiteiro que estava em cima de uma nota fiscal velha. Cabos emaranhados pendiam dos tetos altos, caindo como trepadeiras. Ali, uma variedade de insetos praticava todo tipo de acrobacias. Uma aranha desfilava graciosamente pela estante de pinho. Afiava as pernas esbeltas contra o aço de uma pasta: a princesa sobrevivente de uma catástrofe. Os insetos coexistiam com rostos de humanos perdidos que olhavam pálidos e solitários para o nada. Expressão carnal de alienação, pensou.

Laura faz xixi e puxa a descarga, tentando interromper a lembrança. Mas ela volta por causa do odor que vem do vaso sanitário, como naquele dia em que, cansada mas feliz, depois de passar um fim de semana fora da cidade, sentiu um cheiro de peixe no Inferno. O vapor de comida em decomposição penetrava nas gavetas e subia pelas paredes pegajosas que absorviam partículas de cinzas. Uma porta se abriu e um vento quente soprou camadas de morte podre. Misturava-se com a fumaça de bitucas apagadas, alojadas em cinzeiros transbordantes. Subia do líquido estagnado em uma xícara, molhava o ar e produzia uma espessa cultura de bactérias e fungos.

Alguém bate à porta do banheiro. Laura enjoada, no vaso sanitário, o espelho embaçado. Volta para a repartição: tudo errado. A loira metida, pele perfeita, magrinha e com os peitos proporcionais ao corpo, está placidamente sentada em sua cadeira e usa o computador. Essa aí não entendeu nada, pensa Laura, surpresa. Para ao lado e lhe lança um olhar ameaçador. Nervosa, a loira ajeita os óculos de aro preto:

— Ah, desculpa, pensei que você tinha ido embora — diz ela.

— Você não viu que eu deixei as minhas coisas? — Laura devolve, hostil.

— Ok, já pedi desculpas — se defende como pode a loira metida. Fecha o e-mail e se afasta do computador.

É preciso fazer alguma coisa. Será que os outros sabem que entrou uma novata? Uma vaga representa muito dinheiro, possivelmente agora só vão conseguir uma progressão no fim do ano. Terão que se contentar com o presentinho natalino de merda e alguns cupons. Ela precisa dividir isso com alguém. Vai até a mesa de Silvana sussurra: Você sabia da novata? Quem a trouxe? Nos ferraram. Silvana se surpreende. Laura a contagia com sua raiva. Enquanto falam, levantam a cabeça de vez em quando e encaram com ódio a loira metida.

A porta da repartição se abre de repente. Rolly entra de novo, cruza quase correndo de um lado para o outro, falando ao celular e segurando o ferimento: Nos ferraram, Tripa. Quem é essa babaca, quem a trouxe, mas como, se a gente tinha combinado...

A loira, desconfortável ouvindo Rolly, busca ajuda com o olhar e caminha na direção de Laura, Silvana e Carla. Procura algo nas prateleiras ao lado, desesperada para que alguém fale com ela, esperando o comentário mais banal, tipo esses sobre o clima. Elas, imutáveis, continuam cochichando. A garota não aguenta mais e pergunta: sabem onde está o mate? Elas riem baixinho. Laura responde com má vontade: o coletivo está ali em cima. Cuidado, está cheio de mofo.

Laura se senta à mesa de novo. Fica parada olhando para a tela, estreita os olhos, vê listras coloridas que se movem, de vez em quando pontos se juntam e formam alguma figura. Olha para a data na parte inferior da tela: lembra mais uma vez que já se passaram dois anos desde seu primeiro dia de trabalho na Entidade, o dia em que entrou para o plantel. Foi uma odisseia preencher os papéis para sua admissão no RH, o Inferno. Gosta de pensar que a garota nova acabou de passar pela mesma coisa.

Enquanto continua brincando de montar figuras, é tomada por sensações e imagens daquela segunda-feira de verão. Suada e com uma pilha de formulários, títulos e diplomas na bolsa, Laura aspirou o Inferno nas profundezas da Entidade. No subsolo — uma repartição sem janelas com paredes verde-pastel que se descascavam com uma lufada de ar —, era difícil respirar. Caixas cobertas de poeira invadiam como coágulos corredores estreitos. O pouco ar que resistia ao bloqueio não avançava. Uma planta jiboia faminta por oxigênio se inclinava para pegar um pingo de luz solar.

Rolly segue entrando e saindo da repartição de minuto em minuto. Aperta o botão liga/desliga do computador com um chute. Laura o xinga. Ele nem se dá conta, está vidrado olhando para a loira. Laura está em chamas. Era só o que faltava. Além de surgir do nada, a novata lhe rouba o computador justo no dia em que é só dela. E não apenas isso, também tem que aturar o grudento do Rolly olhando para a garota de cima a baixo. Laura que é a linda e idiota da repartição! E se ele levar a novata para o terraço? Ela se mata! Mas o que há de errado com ela? Está com ciúmes do Rolly? Não é possível.

O telefone toca, ninguém atende. De novo aparece o primeiro dia, quando, depois de passar um fim de semana em Lobos, Laura ouviu o Inferno na voz de uma mulher. Rouca e em tom de queixa, falou sem levantar os olhos: Precisa de algo?! O digitar compunha uma música lenta. Soava ao ritmo das gotas que caíam do teto avariado em um balde de alumínio. Em um canto, rangidos. Pareciam ser ratos se alimentando de livros de contabilidade. Um ramal soava, mas a música continuava lentamente. O telefone parava e tocava de novo.

Laura, com passos tímidos, aproximou-se medindo o ruído de cada passo nas lajotas. Queria desesperadamente cruzar com alguém. Mas todas as pessoas olhavam para baixo. Pareciam ter recebido uma punição. Ela inalou o pouco ar disponível antes de falar. As palavras, aprisionadas, saíram pesadas: Olá, com licença, meu nome é Laura. A voz tremia, o que ela não conseguia evitar apesar do esforço para se mostrar segura. De cabeça baixa, um careca lhe atirou alguns papéis: Aqui, querida, preenche tudo menos o ponto treze, ele começou, como quem reclama por ter que falar. Laura pegou o formulário. Segurando-o com as mãos trêmulas, tentou lê-lo. Sua visão ficou turva. No papel, uma sopa de letras pretas espalhadas. Percorreu o espaço em busca de uma superfície plana para preencher o formulário. Estava tudo tomado. Teve que se contentar em preenchê-lo parada. O careca voltou a falar: Ah, você começa amanhã.

Laura sente que alguém está falando com ela por trás. Vira o pescoço. É a loira. Pergunta se não pode usar o computador por um minuto, coisa rápida, é para algo importante, ela esclarece. Laura a olha de cima a baixo, fixa os olhos nos papéis de admissão que a garota está segurando e lhe diz com um sorriso irônico:

— Bem-vinda! Você é a mais nova funcionária! Parabéns! Ah, o computador não posso, tenho que usar, melhor pedir a outra pessoa.

# 7

ROLLY PASSA o braço pela cintura de Laura e sussurra:

— Gatinha, já tenho tudo. Pega uma sacola plástica e a guarda no bolso do jeans.

— E a chave?

— Você está falando com o Rolly, linda. — Ele sorri, mostrando os dentes.

Ela abaixa a cabeça e olha para a lajota gasta. Então observa Rolly por alguns segundos, enrolando uma mecha de cabelo com o dedo. Ele lhe devolve um sorriso cúmplice enquanto abre uma porta de emergência. Laura o segue escadas acima. Seu coração bate como punhaladas. Sente o ar fresco na virilha entrando por baixo da minissaia. Os degraus parecem não terminar nunca.

— Cansada, linda? Vamos lá, só mais um andar.

— Ugh, sim... — respira fundo; toma coragem para continuar e lança uma pergunta: — Você vem muito aqui?

— Sempre que posso, fujo. Você vai ver. Quando conhecer, vai querer vir todos os dias. Você nem imagina as linguiças que assamos lá em cima.

— Sério? Tem *parrilla*?

— Claro, gatinha, está escondida lá. Tem coisas que só com o Rolly você consegue. Você vai aprender.

Chegam a uma grade cinza fechada com cadeado. Há mais escadas. Laura, curiosa. Não pode acreditar nesses esconderijos todos.

— Espera. — Rolly procura a chave no bolso do jeans.

Sem querer, tira a sacola plástica, mas rapidamente a guarda. Laura a vê, mas disfarça. Ajeita a minissaia, que sobe a cada três degraus. Rolly encontra a chave. Coloca-a na palma da mão e, arqueando as sobrancelhas, mostra a Laura:

— A única em toda a Entidade.

Está tão escuro que é difícil ver os degraus. Rolly vai na frente. Oferece a mão para Laura. Ela aceita e se segura para subir o último andar. Ele destranca uma pequena porta de metal enquanto pega o cigarro que tem atrás da orelha. Acende-o assim que chega ao terraço. Laura fica parada por alguns segundos. Dá um giro. Fica incrédula vendo tanto céu.

Anda alguns passos e afugenta um grupo de pombos que bicam restos de lixo em uma sacola. Eles voam e se acomodam em fileira no parapeito. Laura encontra um vidro rachado num canto. Para na frente dele e, com o sol do fim da tarde, observa seu reflexo: os quadris enormes; o cabelo, uma bagunça. Então o prende com uma presilha que encontra na bolsa. Um vento suave acaricia seu pescoço nu.

Rolly para ao seu lado, fumando, uma mão na cintura:

— Mulheres... fãs de espelhos.

Ela se vira e se afasta.

— Gatinha, não vai embora. O que foi? Você tem medo de mim?

— Medo? Nada a ver. Não é nada, cara.

Laura caminha até o outro lado do terraço. Acomoda-se no gradil, apoiando os cotovelos. Ao lado, um pombo estufa o peito e mostra as asas enquanto persegue outro gorgolejando pelo parapeito até levantar voo. Olha para a rua. Lá embaixo, na porta da Entidade, pequenino, o cara de sempre vende colares, bolsas e lenços.

Rolly dá a última tragada e atira a guimba na rua. Arruma o cabelo. Decidido, busca Laura outra vez. Inclina-se com os cotovelos no gradil. Ela, ao lado, quieta. Ele lhe pergunta, quase tocando seu pescoço:

— De qual você gosta?

— Do que você está falando?

— Dos lenços. Tenho certeza de que você tem um preferido. Te dou de presente o que você quiser.

— Ahhh, é? — Ela arqueia as sobrancelhas, exagerando seu interesse.

— O cara que vende, sabe? Ele me deve muito. Sabe quanto vale ter uma banca na porta da Entidade?

— Quanto?

— Uma loucura: mais do que todas as novas vagas de um ano inteiro. E olha que foram muitas.

— Uuui...

— É que esses caras, quando querem, fazem muita grana. Meu tio tinha uma pequena banca perto do Obelisco... Ficou podre de rico.

— E você teria uma? — pergunta Laura, abaixando as sobrancelhas.

— Mas é claro! — Rolly exclama, encolhendo os ombros e estendendo as mãos. Com toda certeza. Sabe de uma coisa... Primeiro vou resolver a coisa aqui... — Mexe a cabeça com entusiasmo. — E assim que eu juntar a grana... — Ele estreita os olhos e olha para a rua — Vou tunar meu Taunus e me mandar daqui.

— Quê?

— Meu Ford Taunus. Você vai ver. Vou te levar pra passear um dia.

— Aonde você iria?

— Não sei, pra puta que pariu — ele responde, franzindo o rosto e apontando para cima. De repente, se vira para Laura. — E você? O que faria se saísse daqui?

— Talvez uma viagem... — Ela se inclina para a frente, deixando seu peso cair ainda mais. O decote é tão pronunciado que, com o movimento, a renda do sutiã desponta na regata que está usando. Ela medita por alguns segundos, olha para o céu e diz: — Uma longa viagem... para a Índia, se a grana for suficiente, e se não, alguns meses pela América Latina...

Rolly crava o olhar em seus peitos. São gigantes, maciços e bem redondos. Ele mergulharia ali mesmo, como se fosse um balde de cocaína da boa. Laura ajeita a blusa e cobre o decote com uma pashmina que estava amarrada na cintura. Enquanto brinca com o colar de miçangas, pergunta:

— E? Você vai me dizer o que você tinha pra falar comigo?

— Eeeei, linda, relaaaaxa. Quem sabe a gente fuma um antes?

— Antes do quê?

Rolly pega um baseado. Dá uma batidinha, fecha os olhos, desliza o papel pelo nariz. Acende e dá algumas tragadas curtas:

— Flores. Puras. Prova. — Ele lhe passa o fininho com o olhar fixo nela.

Laura o pega.

— Epa, pensei que você fosse me oferecer outra coisa... — Ela aspira e olha para baixo. Vê que a sacola plástica se projeta do bolso do jeans de Rolly. — De qualquer forma, é bom — diz, sorrindo e levantando o queixo para o céu.

Rolly se aproxima, busca o pescoço de Laura e apoia o queixo em seu ombro. Murmura:

— Então você gosta de algo mais forte?

Laura suspira. Fecha os olhos. Anda alguns centímetros para a direita. Rolly para atrás, junto ao corpo de Laura, e respira em sua nuca. Sem se afastar, ela tira a presilha do cabelo, levanta os braços e enfia os dedos na cabeleira. Faz um coque. Acaricia uma graminha que sai da rachadura no cimento:

— Depende... — Olha para a parede por um tempo e se vira para Rolly: — Você gosta de plantas?

Rolly passa o braço em volta da cintura dela.

— Você está ficando romântica?

Laura, no mesmo lugar. Morde o lábio e deixa escapar um sorriso que tenta esconder olhando para o lado:

— Pff, como você é bobo.

Rolly mete a mão sob sua regata e vai subindo aos poucos. Laura treme e respira fundo. Segura o avanço de Rolly travando o braço. Eles ficam agarrados, a mão dele logo abaixo dos seios dela. Rolly roça o nariz na nuca de Laura. Sussurra:

— Ei, linda... Você não quer me contar o que estava fazendo com os caras da comissão do sindicato aquele dia no refeitório?

— Como assim? — Ela sorri e olha para ele enquanto segura firme sua mão, para que ele não avance. — Você se incomoda que os caras da comissão também me deem bola.

— Nem um pouco... — ele responde suavemente, acariciando o cabelo dela com a mão livre. — Desde que não esconda nada do Rolly...

— Como você é... Já sabe: eles têm que me passar para B, pelo título, mas você e o resto da repartição não estão nem aí.

Um pombo passa voando por Laura, despenteando seu cabelo. Ela fecha os olhos e, nesse instante, Rolly vence a pressão de seu braço. Começa gentilmente, acariciando com as pontas dos dedos. Laura respira agitada. Geme de leve. Ele agora avança com a mão inteira. Massageia cada vez mais forte. Por trás, apoia Laura contra o gradil. Ela estremece e o empurra com o cotovelo:

— Para, para...

— Para o quê?

Rolly franze a testa e dá de ombros. Ataca novamente, tentando colocar a mão sob a regata de Laura:

— Eu te disse pra parar!

Ela freia Rolly, agarrando a mão dele.

Laura se distancia.

— Vamos, garota, eu sei que você quer. Você está morrendo de vontade, até o carinha que vende lenços na entrada já percebeu.

— E como você sabe?

— E você, acha que sabe alguma coisa?

Rolly se afasta. Os pombos abrem caminho e, quando ele chuta um pedaço de chapa, esvoaçam, circulam e se espalham pelo terraço. Ele abre a porta de metal. Vaca!, grita alto e bate na parede com o punho. Desce as escadas correndo, pensando em ir direto encontrar Carla. Com o nervosismo, nem percebe que esqueceu a chave no terraço.

Laura dá voltas em torno de uma pilha de sucata. Tremendo, vasculha sua bolsa e pega um isqueiro. Deita-se no cimento. Ali, em posição de estrela, braços e pernas estendidos, acende o baseado que Rolly deixou apoiado no gradil. Fecha os olhos e pratica a respiração *ujjayi*. Inspira e expira pelo nariz, o ar vibra suavemente e transita entre suas vértebras. Solta ainda mais o peso, sentindo os ossos afundarem no chão. Um formigamento a envolve, sua musculatura enfraquece, a sensação é de tanta leveza que parece fundir-se no ar.

De repente, sente algo gelado tocar sua coxa. Estremece e se vira: é a chave, Rolly a esqueceu. Laura a pega, estica o braço e espia pelo buraco na cabeça do metal: vislumbra uma estrela. Será que é a primeira? Deita de novo e fixa os olhos na chave: é soberba e potente. Começa a acariciar sua barriga. Bem suave, movimenta a mão em círculos. Fecha os olhos, mas não pode deixar de ver o metal amarelo, brilhando, caindo sobre ela, e isso acelera seus movimentos. O colar de miçangas serpenteia pelo peito, passeando de um seio ao outro. Ela para. Joga o pescoço para trás, acomoda a bolsa para usá-la como travesseiro. Observa o último raio de luz enquanto fuma: o que resta do laranja se perde atrás de um prédio, o cinza-azulado avança furioso. Em fila, empoleirados em um cabo, quatro pombos erguem os bicos para o céu se despedindo do dia.

Laura acende o baseado novamente e dá algumas tragadas curtas. Fecha os olhos, acaricia suavemente o rosto, segue pela nuca e pelo esterno, esfregando-se com o colar de miçangas. Mete a mão sob a minissaia, desce pelos quadris e caminha com os dedos ao redor daquela região. Chega ao clitóris e deixa um dedo ali, imóvel. Estica o braço e, com a outra mão livre, pega a chave, fecha o punho e aperta com força. Ainda está fria, mas aos poucos vai esquentando. Gentilmente começa a mover o dedo. Os mamilos endurecem e sobem na direção do céu; as pernas, soltas, perdem peso. Molha os lábios com a língua. Aumenta o ritmo e sua respiração acelera. Muito suavemente, começa a gemer. Abre a mão e passa os dedos sobre a chave: começa na cabeça, continua deslizando pelo pescoço e chega à ponta do metal… Com a outra mão, continua a se tocar, agora mais rápido e pressionando com mais força. Os gemidos e a respiração aceleram ao ritmo das contrações, já quase involuntárias. Ela agarra a chave, levanta a regata, mantém a contração por alguns segundos, tira as sandálias, estica as pontas dos pés, fecha os olhos. Com os dentes do metal, roça o mamilo e a vibração se desencadeia: vai do centro para as extremidades. O corpo inteiro estremece, tombado no cimento, enquanto ela grita, agarrando o colar, que puxa com tanta força que arrebenta e, sobre as miçangas espalhadas, os pombos saltam, pulam, bicam.

# 8

NELLY APOIA um pé na lajota e espirra. O som ecoa pela escada que desce ao RH. Conseguiu que Marta, a diretora, lhe entregasse o original da resolução de sua entrada na Entidade. Agora ela precisava reinserir o documento com a data alterada. Assim atrasaria a aposentadoria por mais dez anos.

Pega o conta-gotas, pinga no nariz e aspira. Quieta, esfrega a pedra do amuleto contra o esterno. Respira fundo, continua descendo.

Quando chega ao patamar das escadas, ouve gritos. Olha para o chão: um buraco semicoberto por um pedaço de papelão. Concentra-se: imagina ao seu redor uma aura protetora. Ganha confiança e passa a centímetros do buraco negro. Quando pisa de novo, sente um estalo e olha embaixo de seu sapato: uma barata esmagada e outras acariciando seus tornozelos. Algo não está certo: insetos são pragas. Ela sacode as pernas. Vasculha a bolsa, pega o frasco de perfume de jasmim, agarra-o como se fosse uma arma letal, mira e lança um jato da fragrância. Os insetos, assustados, retornam à sua caverna. Primeira batalha vencida: a fortaleza.

Continua descendo, incenso em mãos. Uma gota cai do teto e o apaga. Pega o amuleto, esfrega a pedra e, apertando os olhos, olha através dela contra a luz, como se fosse um caleidoscópio. Enxerga pontos pretos. Coloca os óculos, olha de novo. Os pontos pretos continuam ali. Não importa, não importa, a escuridão de Plutão não pode enfrentar meu fogo ariano, tenta se tranquilizar. As palavras de Susi, astróloga e amiga de anos, soam como um mantra e a acalmam: não se deve temer o inferno, é preciso enfrentá-lo, e você, Nelly, é uma guerreira de alma, você sabe disso.

Há uma semana, aproveitando que Saturno estava passando por seu ascendente, haviam preparado um ritual para enfrentar a descida. Conseguiram uma chácara em Moreno. Enquanto desce, a imagem lhe aparece como se estivesse acontecendo naquele momento: sob o céu aberto, quando o sol se pôs, começaram a queima — arquivos, formulários, um carimbo da Entidade, pastas, fotos de seu primeiro dia, uma mecha de cabelo para cada ano trabalhado e um pedaço da gaveta. De repente, lembra-se de Susi, os cabelos ruivos lisos grudando em suas bochechas, muito séria, dizendo-lhe que, assim que começasse a descer para a repartição do RH, tinha que jogar uma parte das cinzas nos degraus e espalhar a outra pelas paredes.

Procura em sua bolsa, nervosa, o porta-remédios onde as guardou. Por isso os insetos — diz a si mesma, aborrecida —, perdi a concentração. Sente uma energia represada. Pratica um mudra, cruzando as palmas sobre o peito, e libera a preocupação. Enfia a mão na bolsa de novo e toca em algo frio: está aqui, menos mal. Abre o porta-remédios, abaixa-se e joga um punhado de cinzas em cada degrau. Espalha o resto pelas paredes. Aperta a mão contra o revestimento áspero: um muro de gelo rachado. Imagina-se uma guerreira, de faixa na cabeça, flecha na mão, a imagem de Áries, seu ascendente. Esse fogo inextinguível, essa paixão desenfreada, esse desejo louco de viver.

Chega ao intervalo prévio à entrada do RH. *Urdhva Hastasana*, respira fundo, palma com palma contra o peito, e reza: Eu me livro das pragas — sacode o corpo —, dos insetos, do frio polar.

Desce o último andar determinada. Na entrada do RH, pega o envelope com a resolução de sua entrada na Entidade no Diário Oficial. Segura-o firme debaixo do braço e se inclina contra a porta maciça. Tenta identificar alguma voz familiar. Tudo soa igual, um murmúrio suave e monótono. Um ruído violento. Vira-se, olha para trás: a janela do patamar da escada bate para cima e para baixo. É externo, é externo — repete —, sou forte, guerreira, livre, onda encantada do vento. Tremendo, acende uma vela violeta. A chama sobe por alguns segundos e começa a cintilar. Algo está errado, ela se desespera. Toca o peito, o amuleto não está ali. Suas pernas, frouxas, mal a sustentam. Para cima, as escadas formam espirais infinitas. Tonta, deixa o corpo cair. Rasteja pelas lajotas geladas. As mãos pretas, o cabelo descontrolado. No chão, a bolsa está aberta: maquiagem, um espelho, velas, incensos, papéis.

De repente, a porta se abre. Marta, gigante, óculos de aros grossos. Nelly se levanta, abraça-a trêmula, à beira das lágrimas. Marta a segura:

— Querida, o que houve?

Nelly, com cara de susto:

— Plutão de novo. Me ajuda, preciso que você leve o papel — implora ela, e ergue os olhos.

O corpo de Marta fica preto. Milhares de baratas a envolvem, formando um caminho em espiral. Sobem por seus tornozelos. Assustada, Nelly dá alguns passos para trás. Marta continua falando como se nada tivesse acontecido e pega o envelope com o documento:

— Tá bom, me dá isso — as baratas andam em seu rosto, precisa tirar uma da boca para continuar falando. — Você me deve uma.

Marta entra no RH envolta em um redemoinho de insetos pretos. Nelly fica parada na porta. Com calafrios, estremece. Fora, pensamentos obscuros. Olha para a mão: impregnadas nos sulcos da pele, as cinzas. Lua cheia, mudança completa de ciclo e Saturno, que deve estar passando justamente agora. É isso, é isso, justifica. Um vento forte sopra, parece um tornado. Uma luz se acende e, bem à sua frente, brilhando, cristais da pedra do amuleto espalhados pelas lajotas, cobertos de cinzas.

# 9

NELLY REGA a jiboia. E se eu não vier mais? — pensa —, quem vai cuidar das plantas? Só ela conhece os truques para que a luz escassa que entra pela minúscula abertura as alcance totalmente ao meio-dia, sabe como virá-las, as gotas de anis que é preciso pôr sobre elas quando as más energias estão à espreita e os insetos atacam. Quem pode fazer isso? Ninguém. Ela acende um incenso e o leva de um lado ao outro. Inspira abrindo o peito. Senta-se à mesa. Abre a gaveta, pega uma caneca, limpa-a com um lenço e mergulha o saquinho de chá *chai*. Fica parada e observa a água escurecendo. Hoje Marta vai lhe entregar o papel de sua admissão com a data alterada. E se não der certo? Se não der certo, terá que ir embora. A água na xícara está quase preta.

Sintoniza o rádio. Gregoria diz que justo hoje está acontecendo algo excepcional, que não acontecia há trinta anos: a lua em Júpiter. E isso revoluciona tudo. Sugere não tomar decisões importantes. Melhor então esperar, Nelly se convence, nada de ir ao RH, nada de descer ao Inferno novamente. Tenho que conter o impulso ariano.

Rolly e Carla entram. Quando veem Nelly, cochicham e vão para a mesa do outro lado. Esses dois, sempre aprontando alguma coisa, diz a si mesma, tentando não dar tanta importância. Mas desta vez está seriamente preocupada, estão prestando muita atenção nela. Além disso, estão com uns papéis que conferem e escondem sempre que alguém passa. Saem para o corredor, parece que querem conversar mais tranquilos. Quando voltam, Rolly caminha em sua direção. Nelly finge estar concentrada procurando algo na gaveta. Ele se senta na mesa dela e fala:

— Olá, princesa, como vão as coisas? Conseguiu recuperar as etiquetas? Outro dia você estava furiosa!

— Querido, você sabe como é. Isto aqui é um circo: um dia são suas etiquetas e, se você não se cuidar bem, no outro não tem computador.

Rolly bufa, mexendo as mãos agitado:

— O que eu posso dizer... É por isso que sempre tenho a chave do terraço comigo. Não dá pra confiar em ninguém, você sabe muito bem... — Ele se levanta e anda de um lado para o outro, nervoso.

Esse aí não tem cura, Nelly pensa. Plutão o agarrou e nunca mais soltou. Coitado. Rolly se senta de novo sobre a mesa e sorri:

— Você nos deve uma mandinga. Como era aquilo da revolução solar e da carta?

— Quando você quiser, fazemos uma leitura.

Rolly ri, rouco. Faz uma careta, estica os braços como se estivesse se preparando para dizer alguma coisa e continua:

— Te resta pouco tempo aqui, não é?

Nelly ajeita o cabelo da nuca e olha para o lado.

— Só saio às quatro.

— Não, eu estava dizendo para a... Você sabe, eu não quero dizer porque senão os abutres vêm pra cima.

Rolly olha para trás: Carla, Silvana e Chelo estão falando em voz baixa e olhando para eles. Ele coça o nariz, baixa o olhar e sussurra:

— Podemos ver o negócio da vaga pra sua sobrinha. A menina é advogada, não é?

Nelly fica séria, baixa os óculos e o encara:

— Shh.

— Você pode confiar no Rolly... — Pisca um olho e faz uma careta mal disfarçada. — Quem foi que mandou embora aquele louco que vendia esmaltes? Você devia dois mil pra ele. Se não fosse por mim, ele estaria aqui agora quebrando tudo.

Nelly respira fundo. Esse aí está em cima de mim, se quer negociar, é porque suspeita de algo, pensa enquanto se prepara para a próxima jogada:

— Ok, garoto, vamos tomar um mate antes.

Pega a erva-mate e um pote de ervas aromáticas da gaveta.

— Não há mate como o da Nelly, o que vai ser de nós se você não vier mais. Vamos ter que encontrar um jeito.

Nelly acomoda a erva, prepara o mate e o oferece a Rolly.

— Ontem falei com o Guillermo — confessa.

— Me conta.

— Está negociando um contrato pra mim — Nelly mente.

Merda, essa velha é rápida, Rolly fala para dentro. Estala os dedos. Toma o mate de um só gole:

— Não se preocupa, princesa, já resolvi isso. — Ele apoia o mate na mesa com um golpe seco.

— Maravilha, então. — Ela exagera o sorriso.

Rolly coça o nariz. Esfrega as mãos e solta:

— Olha, você sabe como eu sou, gosto de ser franco. E ainda mais com você. — Ele gira o isqueiro entre os dedos. — Sei que você está tentando mudar a data de admissão pra não se aposentar, mas não vai conseguir. Pode esquecer. Pensa nisso, vale a pena... — Inclina-se na direção de Nelly apoiando os braços sobre a mesa: — Se você se aposentar e conseguir o contrato, coloco sua sobrinha aqui na hora. Presta atenção nessa proposta... — solta, e fala para si mesmo: — Essa velha tem que aceitar, nem pra Laurita ofereço algo assim, e olha que a garota é muito mais linda...

Nelly prepara um mate e se acomoda na cadeira. Esse Rolly tem razão, ela pensa, não é uma má oferta. Mas um contrato não é a mesma coisa, teria que negociá-lo toda vez que mudasse o chefe. Tem esperança de que, no início do próximo ano, cheguem mais recursos, seria muita grana para novas vagas. Com isso conseguiria fazer a sobrinha entrar, já falou com a comissão, estaria garantido. Mas e se não conseguir adiar a aposentadoria? Aí o que esse rapaz endemoniado está lhe oferecendo não é ruim. Ela pega o amuleto e o encara, procurando uma resposta. A janela bate com o vento. O copo usado como regador cai em cima da pilha de papéis. Nelly se levanta para ajeitá-lo e protege a jiboia com uma pasta. Rolly se senta na mesa, acendendo e apagando o isqueiro, os olhos seguindo os movimentos de Nelly. Consegue desconcertá-la para que lhe responda:

— Querido, não sei de onde você tirou essa coisa de mudar a data — se defende.

— Ah, meu bem, você vai mentir para o Rolly? — Ele coloca a mão na cintura. Olha para ela desafiante: — Se eu fosse você, não confiaria tanto na Marta.

— E por que eu acreditaria em você? Há quanto tempo te peço a história da minha sobrinha? Anos. E nada. Não me diga que é por falta de grana. Acabou de entrar essa loirinha que ninguém sabe de onde veio.

Rolly olha para baixo, ensaiando uma resposta:

— Bom, o que você quer, esse maldito Guillermo desde que entrou não me libera uma, e eu já dei vários sinais pra comissão, mas eles são péssimos — reclama. — Essa garota que entrou foi coisa da gestão, é óbvio, e ninguém me perguntou um caralho. Tenho certeza de que é armação de algum diretor. Me ferraram, Nelly. Mas não podemos deixar que façam isso com a gente — continua, verborrágico. — Se nos dividirmos, eles vão apertar todos nós e você sabe o que isso significa: vão te aposentar, te deixar sem contrato e, com a grana que sobrar, ainda conseguem mais três vagas pra eles.

Nelly toma um mate e fica olhando para o teto, mastigando suas próximas palavras:

— Você sabe que dizem que, quando tudo parece perdido e parece não haver saída, sempre há luz no fim do túnel, você só precisa encontrá-la. Aquela janelinha ali — aponta para a abertura ao lado da jiboia — é pequena, mas graças a ela as plantas da repartição sobrevivem. Não é pouco, querido. Acho que se pegarmos um pouco, só um pouco dessa luz a gente se salva. Lembra? Você tem sol em Leão e ascendente em Escorpião. Fogo e água são opostos, mas, se você aprender a lidar com a contradição, o mundo é seu. Está na sua mão.

Rolly sorri mostrando os dentes. Gosta das palavras da velha: O mundo é seu, está na sua mão. Desde que não me prejudiquem, sem problema os mapas astrais e esses discursinhos, pensa. Levanta a cabeça: Carla e Silvana se aproximam, observam desconfiadas e lhe fazem um sinal. Nelly se dá conta e se dirige a elas:

— Bobas! Venham aqui. Tomem um mate, tragam biscoitinhos.

— Obrigada, mas só viemos te pedir etiquetas e já vamos — Carla mente.

Rolly olha para suas companheiras com ódio, faz um gesto com a cabeça para que saiam e solta:

— Sempre querendo algo, sanguessugas.

— Não seja mau. Ainda ontem repuseram as etiquetas. Pega, garota. — Nelly abre a gaveta, tira duas folhas e as entrega a Carla.

Silvana aproveita para escanear com os olhos todos os papéis que estão sobre a mesa. Nelly a intercepta: reúne os papéis em uma pilha e os enfia na gaveta transbordante. Carla e Silvana se encaram cúmplices e saem para o corredor. Ali estão, encostados na parede, Laura e Chelo. Olham para o chão e falam baixo.

— Os urubus já foram embora, vamos continuar nosso negócio. — Rolly se senta sobre a mesa e balança as pernas no ar.

— Não sei, querido.

— Como assim, não sabe o quê?!

— Tenho dúvidas. Hoje não é dia de tomar decisões.

Rolly coça o nariz.

— Estou te oferecendo isso apenas porque é você. — Apoia as mãos sobre a mesa e estufa o peito. — Além do seu contrato e da vaga da sua sobrinha, te consigo alguns pesos extras de aposentadoria.

— Pff, e como você vai fazer isso?

— Coisa do Rolly. É garantido. Eu já fiz com a Esther ano passado, lembra?

Nelly olha para ele desconfiada. Acaricia a nuca e solta:

— Bom, ok.

— Ok o quê?

— Como o quê? Acho bom o que você está oferecendo, aceito. Mas, se eu descobrir que você está jogando sujo comigo, falo com todo mundo.

— Isso não vai acontecer. Vai dar tudo certo.

Rolly sai e se junta ao grupo no corredor. Chelo, Silvana e Carla o encurralam com olhares e perguntas. Responde a eles: Aceitou o contrato, estamos salvos.

— Não acredito! — Silvana se entusiasma.

Nelly sai, caminha pelo corredor e vê o grupo cochichando. Rolly se vira e pisca para ela. No caminho, ela colide com Marta:

— Querida, estava justamente pensando em você. Te invoquei, viu só?

— Deixa de bobagem. — Marta lhe entrega um envelope. — Eu estava subindo para te procurar. Aqui a sua admissão na Entidade com a data alterada. Dez anos. Uma loucura. Isso vale ouro, nem em sonhos você pode perder ou mostrar a alguém.

Nelly sorri e rapidamente coloca o envelope de volta na bolsa.

— Não precisa se preocupar. Acabei de falar com o Rolly. Consegui despistá-lo.

Enquanto fala, do ralo sob seu pé, surge uma barata. Nelly pega o sapato e a esmaga, espremendo-a contra o metal. Chuta o inseto. O cadáver fica virado na lajota.

# 10

PELO LADO direito da gaveta, as duas entidades caminham em fila. Uma carrega um preservativo preso a um cotonete; dentro, as provisões: um cartucho com tinta e um pouco de comida. A outra avança armada, segura uma agulha e olha, em guarda, para todos os lados. Nelly, atrás, sorrindo, os sapatos em uma mão e a pedra do amuleto batendo em seu peito.

— Falta muito?

As entidades se olham cúmplices. Uma responde:

— Que ansiosa! Acabamos de sair, antes do fim do dia certamente não vamos encontrar a taróloga. E também não sabemos se algum acesso está interrompido, talvez a gente precise tomar uma rota alternativa.

Nelly suspira:

— É que ontem à noite sonhei com isso de novo. — Ela ajusta o decote do vestido de veludo. — Foi maravilhoso. A cada dia que passa, eu o sinto mais perto. Em breve vamos nos reencontrar, tenho certeza. — Passa a mão por trás da nuca e estreita os olhos. Encara a beira da gaveta e continua, verborrágica: — Está colocando obstáculos no meu caminho, quer saber até onde vou por seu amor. Vou mostrar a ele que não tenho limites, me sinto mais mulher do que nunca

— anuncia. Balança a cabeça e aponta para o céu com o dedo indicador.

Uma se vira e sussurra para a outra:

— Começou a novela da tarde, haja paciência.

— Nem me fala. E nós atravessando toda a gaveta depois do desastre, quem mandou...

— Você que se vire, não fui eu que meti a gente nisso. Se dependesse de mim, já sabe... — Faz uma pausa, ajusta o cotonete no ombro e olha para a companheira: — Estaria até agora feito uma louca chafurdando no que sobrou da lagoa e depois... Parem! — grita. — A gaveta está quebrada! Não podemos passar.

Ela pega o cartucho do preservativo da companheira e toma um gole de tinta. Fica parada por alguns minutos, com as mãos na cintura, olhando para o outro lado da rachadura:

— O buraco é grande. — Ela atira o cartucho longe. — Mas o outro caminho é perigoso, por ali estão os grupos radicais furando a gaveta com apontadores de lápis. — Olha para a outra em busca de aprovação.

— Você está louca!

— Temos que atravessar — insiste Nelly.

— Olha aí, pronto, a dama de vermelho vai com você. Eu fico aqui.

— Você sabe que não pode ficar aqui sozinha. Tenho uma ideia — sussurra em seu ouvido a companheira.

As entidades se unem e formam uma ponte. Nelly cruza por cima, descalça, com o cotonete no ombro e se equilibrando.

— Cuidado! No rosto não! — grita uma das entidades.

Nelly se assusta. Tropica, recupera o equilíbrio e atravessa:

— José Luis, José Luis — exclama, olhando para o céu —, atravessei, consegui! Conseguimos!

— Nellyyy! — Ouve-se da ponte. — Não se pendure, por favor!

— Já estou indo.

Com a habilidade de trapezistas, conseguem atravessar. As três retomam a caminhada. Enterram-se até a cintura em um monte de erva-mate, avançam lentamente, o vento contra elas.

Depois de uma longa caminhada, uma das entidades para. Brinca com um punhado de erva-mate e fica olhando para o nada.

— O que houve? — grita a outra.

— Você acredita que existe algo além da gaveta?

— Acredito que, se não continuarmos, vamos afundar neste monte verde e não vamos passar dessa noite.

— Por favor. Com tudo o que aconteceu. Estamos perdidas, não sabemos se vai ser possível continuar vivendo aqui. Olha — aponta —, ali na frente há alguns corpos carbonizados, está vendo? Poderiam ser nós, mas estamos aqui. E aí, você não se perguntou nada? Não tem curiosidade de saber se tudo começa e termina nessas bordas de madeira? Como chegamos aqui? Quem criou a gaveta?

— Ah, pronto, está ficando existencialista...

— Você ouviu dizer que há outras gavetas por aí? Não sei. — Coça a cabeça. — Se as coisas não melhorarem aqui, em alguns dias vou atrás disso. Peço pra Nelly me levar no ombro. Depois desta travessia, ela vai ficar nos devendo várias.

— Você acredita nessa louca? Diz que tomam essa erva do monte com um cilindro de metal que chamam de bomba!, que usam a tinta para escrever!, que não sobreviveríamos um dia lá, porque seríamos esmagadas por pessoas gigantes, que não conseguem nos ver! Por favor, vamos em frente.

— Sei lá se acredito nela, mas entre ficar aqui no meio de escombros, corpos carbonizados e a taróloga moribunda, me meto no emaranhado da cabelereira da Nelly e saio para explorar. Mas faça o que você quiser...

— Você está sentindo isso? — interrompe. — Algo pegajoso está caindo.

— O quê?

Antes que possa responder, uma lava pastosa cai sobre elas; grossa, vem de um frasco de esmalte inclinado na borda. O vermelho pegajoso gruda na erva verde e a cobre. Transforma-se em um pântano.

— Meu vestido! — choraminga Nelly, que, durante toda aquela conversa, ficara na frente, cantando. Retira do veludo pedaços de erva misturados com esmalte.

As entidades estão presas; desesperadas, sacodem-se, tentando sair da gosma.

— Nos tira daqui, por favor!

Nelly pega o removedor de esmalte e o aplica nas entidades.

— Ai, arde! — uma reclama.

Desgrudam-se. Ficam incolores, quase transparentes. Nelly as olha zombeteira e ri:

— As entidades fantasmas... — Pendura a bolsa, agarra as entidades pelas mãos e as arrasta. Saem do pântano. Enquanto caminha, suspira: — Ai, José Luis, por quantas provações você vai me fazer passar!

Margeiam a correnteza de um rio, o sol está se pondo. À medida que caminha, Nelly olha para o lado hipnotizada:

a tinta serpenteia furiosa e transborda, arrastando corpos mutilados e fazendo-os colidir repetidamente contra a madeira da beira. Imagina-se ali dentro, fazendo amor com José Luis, a tinta os atinge, levando-os contra a beira, os cadáveres ao redor, mas eles continuam, como animais.

Já é noite, chegam ao posto de saúde. No portão, encontram uma fileira de entidades armadas com bastões. Aproximam-se para explicar a situação, ficam um tempo tentando convencê-las. Ao fundo, gritos e sirenes. E cheiro de morte putrefata. As guardas recusam, não querem dar o braço a torcer, até que Nelly, à beira das lágrimas, entra na conversa. Promete trazer suprimentos de fora. Acerta em cheio. As guardas ficam tentadas, aceitam que ela entre, mas sozinha, sem as companheiras.

Nelly entra: pés sujos, cabelo bagunçado e vestido de veludo vermelho molhado, amarrado com um nó na parte de baixo. Segue uma das guardas, que a acompanha por um corredor estreito e escuro. Dos lados, uma infinidade de salas: entidades gritam em agonia. Nelly acelera o passo, ignorando tudo o que vê a seu redor. Uma maca passa a toda velocidade e roça nela; ela tropeça, mas se mantém de pé e continua, passa pela guarda e segue sozinha. Escolta dos dois lados. No fim do caminho, uma sala tapada de lenços de papel. Dentro, a taróloga gagueja:

— Estava te esperando.

# 11

ELE DESCE, ansioso, pelas escadas que levam ao subsolo da repartição do RH. Olha para trás para confirmar que não há ninguém. Acende um cigarro. Uma tragada rápida e desce rápido: pula dois ou três degraus a cada passada. Larga o cigarro aceso pela metade. Desce os últimos degraus até chegar à entrada. Rolly não tinha escolha, muitas coisas tinham se acumulado: sua transferência para o setor de Assessoria e Cerimonial, a aposentadoria de Nelly, pedir as progressões e descobrir a questão da vaga para o primo. Tudo isso era preciso resolver no Inferno.

Ele sonda a área e entra. Empurra a porta de metal. Caminha por um corredor estreito; nas laterais, estantes cheias vêm para cima dele. Tem dificuldade de respirar: os pulmões parecem rachados, como as paredes que o cercam. Fixa o olhar na parede: sombras se movem pelas rachaduras do cimento e montam em cada poro da parede áspera. Fica parado por alguns segundos. Passou, está tudo bem, ele se convence enquanto tira uma crosta do nariz. Merda, está sangrando, reclama. Em um intervalo da escada, joga a cabeça para trás, pega o último lenço que lhe resta e o divide em dois. Faz bolinhas e as coloca nas narinas. Continua descendo até chegar à sala de Marta, a diretora de RH.

Bate à porta por um tempo. Não atendem. Dá um chute e entra. Está tudo revirado. Pastas e documentos no chão, um abajur caído, gavetas abertas. Sai da sala e espia; não há ninguém. Entra de novo. Bloqueia a porta com uma cadeira. Se ninguém me diz nada, eu mesmo vou descobrir, com o Rolly não se brinca. Senta-se no chão, folheia as pastas. Encontra uma com a etiqueta Aposentadorias. Abre. Confere os documentos um a um e para quando chega em 2008. O de Nelly não aparece. Anda de um lado para o outro até que lhe ocorre procurar nas gavetas. Pega uma por uma e as revira. Pensa que o documento talvez tenha sido separado do resto. Encontra uma pasta marcada como "Nelly Mansilla". Suspira. Abre. Está vazia. Resmungando, balança a cabeça, pega o celular e liga para Marta. Ela não atende. Ele tenta várias vezes, mas sem sucesso.

Tira a cadeira que estava usando para manter a sala fechada. Senta-se resignado contra a porta, esfregando os joelhos. O ventilador de teto começa a girar. A cada volta, a velocidade aumenta. Os papéis voam. Ele segura a cabeça, tudo gira. As imagens surgem e passam vertiginosamente, uma atrás da outra. Os peitos de Laura; o cara da comissão que o pressiona porque só conseguiu dois votos da repartição; as queixas de Carla pela progressão que nunca sai; a primeira linguiça que assou no terraço...

Algo bate em suas costas. Levanta-se, abre a porta. É a loirinha novata. Ele a olha de cima a baixo: pernas compridas e magras, uma franja que quase lhe cobre os olhos, lábios finos, pele pálida. Traz alguns formulários de admissão debaixo do braço. Rolly caminha, se senta sobre a mesa da Marta, estufa o peito:

— O que você está procurando, gracinha?

— A Marta — responde em voz baixa, olhando para o chão, onde estão os papéis espalhados. Ouvem passos fortes e firmes vindo do corredor. Marta entra. Decidida, caminha na direção de Rolly e olha para ele desconfiada:

— Com licença, o que a traz aqui? E o que é isso? — Levanta os ombros e aponta para as pastas e gavetas esparramadas pelo chão.

— Estava assim quando eu entrei. Vamos conversar — Rolly pressiona.

— Espera, vou cuidar dessa garota antes. — Marta se aproxima dela. Abaixa os óculos de armação grande e pega os formulários de sua mão: — Pode vir, vamos à sala aqui ao lado. — Pega a garota pelo braço e a leva enquanto diz: — Preenche tudo, exceto o ponto treze.

Rolly fica sozinho. Seu celular toca. É o Tripa com más notícias:

— O quê? Só uma progressão? Você está brincando comigo? — Cerra os dentes. Fica agitado e sacode o corpo inteiro.

Rolly desliga, atira o celular contra o chão. Destrói tudo o que está na mesa de Marta. Deixa-se cair contra a porta. Morde o lábio, passa a língua: molhado. Puta merda, outra vez. Coloca a língua entre os dentes e os mancha. As gengivas inchadas. Tonto, levanta-se apoiando-se na mesa de Marta. Procura um lenço na gaveta. Mas sente mais náusea. Ferrosa e doce, viaja pelo esôfago. Dá um cuspe. Jatos começam a sair. À medida que avançam, ficam mais escuros e mais espessos. Crescem e se reproduzem por todos os lados. Na boca, borbulha uma lagoa. A língua já perdeu todo traço de aspereza. Sai pelos cantos dos lábios. Começa a descer pelo pescoço.

Fraco, ele para, empurra a cadeira para trás e se deixa cair contra a porta. Desesperado, tira a camisa como pode. Faz um torniquete. Cobre a boca como uma focinheira: é inútil, sai ainda mais rápido. Por pouco não se asfixia. Levanta a cabeça, mas não para. Consegue ver de relance que está vindo do teto, caem cascatas das prateleiras. Resignado, fica parado, olhando o ventilador: a cada volta, espirra mais nas paredes. Ouve passos atrás da porta, as vozes de Marta e da novata metidinha. Não consegue compreender o que dizem. Batem à porta. Ele para, assustado. Olha o próprio corpo: seco. Ao lado, sua camisa forma um bolo. Ele a pega e coloca. Esfrega o nariz e seu dedo sai levemente manchado de sangue. No chão, a pasta de Nelly está vazia, com uma mancha vermelha. Continuam batendo à porta. Ele se levanta, abre. É Marta:

— Você ainda está aqui? — Ajeita os óculos e olha fixo para a pasta de Nelly. — Já está tarde, conversamos amanhã.

Marta pega a bolsa, que está pendurada no cabideiro, e sai. Rolly, tonto, fica um tempo no chão. Quando se recompõe, fecha a porta com força e sai correndo.

# 12

NELLY ABRE as cortinas. A taróloga, presa em rolos de papel higiênico, mexe os lábios com esforço:

— Você chegou.

Nelly olha para ela com compaixão, acaricia sua orelha. Além da boca, é uma das poucas partes do corpo sem papel. Uma entidade enfermeira se aproxima, controla o soro e pede que não a faça falar muito.

— Não se preocupe, vou cuidar dela — Nelly tenta tranquilizá-la. Vira-se para a cama.

— Você teve sorte — balbucia a taróloga. — Te deixaram entrar e ainda estou viva.

— Não diga isso. — Ela esfrega a pedra do amuleto e a coloca ao lado da mão enfaixada. — Você vai se recuperar, a gaveta precisa de você.

A taróloga finge uma risada, mas se engasga e tosse. Nelly a observa como se dissesse: não faça esforço, vamos ao que interessa. A taróloga tosse novamente e diz:

— Você tem razão, vamos ao que interessa.

Nelly deixa escapar um sorriso. Imagina o encontro com José Luis: ela radiante, olhando pela janela de sua casa enquanto ele, depois de estacionar o caminhão, anda com passos firmes em direção à porta, pêssego em mãos. Toca a campainha apenas uma vez, de forma precisa e necessária, como fazem os homens confiantes. Ela olha para seu vestido danificado e a angústia a invade.

— Não se preocupe, vamos encontrar outro vestido para a sua noite romântica — a taróloga tenta acalmá-la.

— É que eu não aguento mais, a ansiedade está me matando. Eu sei que ele está esperando algum sinal, consigo sentir... — Nelly se estica, abre o peito: — Que eu dê alguma demonstração, mas estou aqui, no meio deste caos. E você assim, mal. Por favor, me diga que você sabe onde posso encontrar esse bilhete com o número do José Luis. Atravessei toda a gaveta para chegar aqui. E as coisas, depois da catástrofe, estão difíceis. Minha sorte é que me amam e me ajudam.

— Calma, sempre te disse que os anjos da guarda estão com você. Olha... — Ela tenta levantar o pescoço, mas não consegue: — Ali naquela mesa estão as cartas. O bilhete está perto, eu sei. Com uma leitura de cartas, vamos encontrá-lo. Que tal?

A enfermeira entra para verificar as bandagens. Olha para Nelly como se lhe dissesse para não falar muito com a taróloga. Nelly se aproxima e pergunta:

— Ela está melhor? Vai se recuperar?

A entidade lhe faz um sinal, e elas vão para o corredor. Gritos desesperados vêm das salas adjacentes, macas passam a toda velocidade. A enfermeira abaixa a cabeça e avisa:

— A situação é complicada, estamos fazendo o nosso melhor. O prognóstico não é otimista.

— Mas seu ânimo está bom, ela é forte.

A entidade balança a cabeça. Os olhos de Nelly se umedecem, ela controla as lágrimas e volta para dentro.

A taróloga, respirando com dificuldade, pergunta novamente:

— E então? Vamos lá, agora que te disseram que estou morrendo, é bom aproveitar a minha última leitura das cartas. — Faz uma pausa para tossir e tomar forças para continuar: — Olha, só estou fazendo isso porque é você, não vai aproveitar?

— Hmmm.

— Você, com medo? Vamos lá, tem que se deixar levar pelo seu ascendente ariano.

— Você diz isso porque é uma escorpiana de alma... Olha só pra você, lidando com a morte e falando sobre tirar as cartas.

Abrem a porta de repente, uma guarda interrompe a conversa:

— Ainda aqui — reclama com má vontade.

— Por favor, preciso de um pouco mais de tempo... — Nelly implora.

A guarda olha resignada para a companheira, que está ao seu lado:

— Ok, mas você precisa controlar suas amigas. — Ela aponta para fora. — Venha, por favor.

Nelly sai para o corredor com a guarda. As entidades que a acompanharam passam de um lado para o outro a toda velocidade em uma maca de vale-alimentação. Uma corre puxando a alça. A outra, com as pernas pro ar, sobe na maca: pula, bate contra a parede com as pernas e cai de costas na maca de novo. Faz isso várias vezes, girando no ar.

Sentadas em um baralho de tarô, duas entidades comentam, virando as cabeças de um lado para o outro, como em um jogo de pingue-pongue:

— Estão indo e vindo há duas horas.

— Não dava pra esperar nada diferente — ela reclama, desanimada. — Faz tempo que já perderam o respeito pela gaveta.

— Nem me diga. — Ela levanta a cabeça e esbarra em Nelly. Olha para ela irritada: — Essas desajustadas vieram com você?

Nelly confirma envergonhada:

— É complicado, vocês têm que entender. Eu precisava estar aqui. Acabei de chegar. Elas me trouxeram. Vocês não sabem a dificuldade que foi.

— Só imagino, uma travessia. E a taróloga, como está?

Nelly esfrega os olhos. A entidade coloca a mão em seu ombro.

— Cuidado! — grita a outra entidade, enquanto segura com os braços um círculo de fita adesiva que se desprendeu da maca e rolou a toda velocidade na direção delas.

Uma das guardas, enfurecida, corre na direção de Nelly e solta:

— A gaveta já tem feridas suficientes, não acha? Então chega, vocês vêm comigo.

Nelly tenta impedi-las:

— Eu imploro a vocês! Não entendem que ela está morrendo? Preciso que ela tire as cartas pra mim, que me diga onde encontrar o número do José Luis. Vocês vão estragar tudo!

A guarda se aproxima das entidades, algemando-as com ilhós. Elas gritam e resistem, mas são levadas para fora.

Nelly volta para o quarto, vê a taróloga tremendo e a cobre com um formulário 472. Acomodando-se na cama, a taróloga pressiona:

— E então? Você quer ou não? Esse homem é tão importante assim pra você? Não tem certeza?

— Como assim?! Claro que é importante. Já tenho tudo pensado: como olhar pra ele, o que dizer, estava até estudando sobre colheita de pêssego. — Pensativa, caminha em direção à mesa do santuário: velas, uma foto da lagoa artificial, palo santo, pedras, um pedaço de macramê desbotado e uma luminária de sal. Pega o baralho de tarô e o joga na maca. — Vamos lá, aqui está.

Nelly ajuda a taróloga a se sentar na cama, coloca um travesseiro em suas costas, acomoda a bandeja de comida em cima das pernas e espalha algumas pedras cor de salmão. A taróloga embaralha as cartas, bem devagar, faz Nelly cortá-las e começa a tirar. Coloca sete cartas em um círculo, viradas para baixo.

— Vamos ver, vamos ver... — Anima-se. — Onde está o amor? Onde ficou o amor depois do tsunami? — Solta uma risada, tosse de novo, mas lhe vem um ataque, não consegue parar. Nelly lhe alcança um lenço.

— Outra vez. — Limpa-se e sai sangue. — Não tenho muito tempo. Vamos continuar.

Com a pouca mobilidade que resta em suas mãos, vira a primeira carta: 6, os enamorados. Um homem e uma mulher cercados por um anjo com arco e flecha.

Nelly explode de emoção:

— Não posso acreditar! O anjo era o Cupido, não?

— Calma, ansiosa. Ahhh! Outra pontada. Me alcance as gotas, por favor.

— Abra a boca. Uma, duas... Pronto.

A taróloga fecha os olhos, concentra-se para aliviar a dor e vira a segunda carta: 13, a morte. Um esqueleto segura um machado virado para o chão.

— Não pode ser — Nelly se preocupa.

— Calma, o importante é o significado e a minha visão. — Fecha os olhos e respira, levando a mão ao peito. — A morte, neste caso, pode significar deixar o velho para que o novo possa nascer... — diz e começa a tossir.

— Você fez muito esforço. Respire.

A taróloga respira fundo e continua:

— Acho que esse é o seu caso. Você me disse que estava entrando em um novo ciclo.

— Isso saiu na última carta.

— Perfeito — balbucia.

— E então?

Um baque de explosão. A gaveta treme. A taróloga quica na cama, o soro lhe escapa. Nelly cai, fica no chão; ao redor, esparramada, parte do santuário. Ela se levanta rapidamente, corre e se ajoelha ao lado da taróloga, que está imóvel, os olhos fechados.

— Volte, por favor! Você não pode ir agora.

Gritam do corredor: É um ataque, corram! As ambientalistas de novo! A enfermeira chega, ajusta o soro e coloca um respirador na taróloga:

— Está nos deixando, está nos deixando...

— Não, não, por favor, faça alguma coisa.

Alto e constante, o bip soa. Nelly olha para o monitor de frequência cardíaca: linha reta. Fica imóvel ao lado da cama, esperando que tudo seja um grande pesadelo.

A enfermeira, segurando as lágrimas, olha para ela e anuncia:

— Não há nada a fazer.

O barulho ao redor da sala de terapia intensiva aumenta. Na porta, as entidades se aglomeram e empurram. Sobem umas nas outras. A enfermeira, desesperada, tenta contê-las. As guardas chegam e montam uma barreira de contenção com fio dental e cotonetes. Nelly chora inconsolável, ajoelhada ao lado da cama:

— Não, não, você não. Você não pode nos deixar... — Coloca o amuleto no coração da taróloga. — O que vai ser da gaveta...

Fecha os olhos e vê José Luis; ele afunda os dedos grandes e bronzeados em seus cabelos bagunçados e a acaricia: calma, vai ficar tudo bem. Nelly olha para cima e encontra a mão da enfermeira em sua cabeça:

— Eu sei: é única.

Nelly balança a cabeça:

— Quem pode substitui-la? Ninguém — responde a si mesma.

— Bom, é isso. Estão vindo me ajudar — aponta.

As maqueiras se aproximam e, juntas, carregam o corpo para fora do quarto. As entidades se agarram à maca como podem: às hastes dos cotonetes, às grades. Por causa da velocidade, algumas são arremessadas e quicam nas paredes do corredor.

Nelly, sozinha, está aos prantos:

— Não pode ser, justo quando... E agora? — ela lamenta deitada no chão, os olhos fixos em um pedaço de macramê. — Tão perto de encontrar o número de José Luis...

Outra explosão. Lá fora, gritos. O quarto fica inclinado. Nelly cai contra a parede. Levanta-se rapidamente e pega os pertences da taróloga. Para no maço; acima, duas velas formam uma cruz. Correndo, uma entidade entra na sala e quase sem fôlego lhe entrega uma carta:

— Aqui, Nelly. Leva isso, é da taróloga — diz e desaparece.

É a 10, a roda da fortuna. Nelly a guarda com o resto das coisas e dispara, pensando no que as três cartas significam; o amor, a morte, a fortuna.

# 13

OLHANDO PARA todos os lados, Rolly caminha rumo ao balcão onde a comida é servida. Fica parado em um lado quando vê que o velho Oscar, trabalhador aposentado e chefão da Manutenção, passa um guardanapo com algo escrito para o Tripa, o representante. Tenta espiar, mas o Tripa coloca o papel no bolso do jeans enquanto sussurra:

— Tranquilo, meu velho, vai ficar tudo bem.

Aproxima-se um pouco mais e segura as chaves no bolso para não fazer barulho. Ao redor, o tumulto, a confusão no refeitório. Isolar as vozes que se sobressaem, transformá-las em som ambiente para ouvir o que é importante: algo que sabe fazer perfeitamente. O Tripa e o velho Oscar continuam conversando, agora mais de perto e baixinho. Será que me viram?, Rolly se preocupa. Por via das dúvidas, retrocede e se afasta da fila. Nessa hora chega Chelo, o que cai como uma luva.

— O que você está fazendo? Veio almoçar? — pergunta tentando não perder de vista o Tripa e Oscar.

— Ah... Prefiro mil vezes o bar da esquina, mas não tenho um centavo, velho. — Chelo se apoia no ombro de Rolly. — Vai lá, campeão, pega o rango que eu reservo a mesa.

— Ótimo, já volto.

Rolly se junta à fila novamente. O Tripa e Oscar ainda estão ali, na mesma. Estão tão concentrados que não percebem sua presença. Ouve o que o Tripa diz a Oscar baixinho:

— Vão definir na assembleia.

— Quando é?

— Hoje.

— Pensei que era amanhã.

— Não te avisaram? Nós mudamos. — O Tripa pega o recipiente de metal e o olha com nojo: — Gelatina de novo, não dá para acreditar, comida de prisão.

— Ultimamente ninguém me avisa nada — Oscar reclama.

— Também, você...

— Eu o quê?

— Com a cagada que você fez. Como vai contar pra Nelly que... — Vindo da cozinha, o barulho do liquidificador abafa a conversa. Rolly se impacienta, não consegue parar de pensar no que diabos será definido na assembleia, que merda eles disseram a Nelly? Tapa um ouvido e com o outro tenta decifrar o que estão dizendo. Oscar se dá conta de que Rolly está ao lado, para de falar e dá uma cotovelada no Tripa. O Tripa o cumprimenta com um tapinha:

— Mas olha quem está aqui, o campeão dos campeões.

— O próprio — responde. — E você acompanhado de outro grande. — Rolly cumprimenta Oscar e lhe diz: — Ainda bem que você continua vindo visitar. Ainda me lembro dos sanduíches de presunto cru da sua despedida.

O Tripa interrompe e pergunta a Rolly:

— Você vai na assembleia, certo?

— Claro. Vim fazer a prévia. — Dá de ombros e sorri.

— Você viu que horror anda o rango? Quando vamos ter milanesas de novo, Tripa?

— Eu sei — diz o Tripa, resignado. — Estou pedindo há meses, mas as coisas andam mal, dizem que sim, mas não dão bola. Na assembleia vamos votar em um jeito de revolver isso.

— Isso é besteira, fala a verdade. Apareceu mais grana? — pressiona.

— Alguma coisa, mas não muito. De qualquer forma, vocês já pegaram bastante. Agora é a vez da Manutenção, eu já te disse. — O Tripa acena com a cabeça e pisca para Oscar.

— Pegamos? Você acha? — Rolly levanta a voz e franze o cenho.

O cozinheiro interrompe:

— Depressa, pessoal, vai acabar. — Ele mergulha a concha na panela e despeja o cozido sobre os três pratos.

— Bom, depois a gente continua — solta o Tripa e vai embora.

Oscar o segue. Rolly procura Chelo e se senta. Seu companheiro está petrificado, de cabeça baixa, cotovelo na mesa. Procurando consolo, olha para Rolly, que lhe diz:

— Sua mulher te largou, né?

Chelo, apático, confirma com a cabeça:

— Não atende, não responde as mensagens.

Da mesa de trás, Rolly ouve a voz saturada do Tripa: inconfundível. Não consegue entender o que diz, parece que está falando da assembleia. As vozes se sobrepõem, misturam-se com o bater das colheres nos pratos.

— Você está me ouvindo? — Chelo reclama.

— Sim, meu velho. Mas hoje tem assembleia, e estão armando nas nossas costas. Se continuarmos falando de mulheres, vão nos pegar desprevenidos. Você vem, né? Preciso que me acompanhe.

— Eu não vou servir pra nada — ele balança a cabeça. — Não ligo se eles vão me dar a progressão...

Rolly bate os punhos na mesa:

— Você é bem frouxo mesmo.

O refeitório está vazio. Rolly se inquieta, não quer se atrasar. Acena a Chelo e faz uma parada no banheiro. Cheira uma carreira rápido. Confere-se no espelho e sai, transpirando. O Tripa em frente, sentado em uma mesa. Ao lado, seus protegidos. Entra uma morena linda, não entende por que não a conhece, será que é nova? Encontra Carla e se senta ao lado dela.

— Você veio — Carla solta.

— Claro, gatinha.

O Tripa começa, tentando vencer os gritos:

— Companheiros, por favor, vamos fazer silêncio e começar logo para não demorar. Hoje temos muitos tópicos. — Pega um pedaço de papel e começa a ler: — Refeitório, horas extras, folgas, vales, desvios no plano de saúde, eleições, progressões, aposentadorias, transferências, novas vagas...

Rolly apoia o antebraço no ombro de Carla e sussurra:

— Está vendo, é sempre a mesma coisa, o mais importante fica pro final, quando não tem mais ninguém.

— Companheiros — o Tripa insiste —, o refeitório está desmoronando. Está cheio de baratas. Na semana passada, um companheiro teve uma intoxicação depois de comer croquetes de acelga. Não estão fazendo as inspeções sanitárias. Há meses não comemos milanesas nem frango. Os companheiros da cozinha — aponta para eles — propõem votar uma moção: que a gestão aumente o orçamento do refeitório em cinquenta por cento. Passamos a palavra a Ramón, chefe da cozinha:

— Companheiros — começa Ramón —, não dá mais. A cozinha é um nojo, se continuarmos assim...

— Veja só... — Rolly morde o lábio e diz a Carla: — Agora este puto chora.

— Não enche, quero que as milanesas voltem, não quero morrer de intoxicação.

— É isso que vai acontecer se continuarmos falando do rango. — Rolly bufa e se apoia no cotovelo.

O Tripa para no palco, acomoda o megafone e diz:

— A favor de exigir à gerência um aumento de cinquenta por cento no orçamento do refeitório!

— Vamos lá. — Relutante, Rolly levanta a mão com outros vinte.

— Contra! — o Tripa grita extasiado.

— Olha lá os três vermes — Rolly aponta, falando com Carla. Sempre votam contra o Tripa em tudo, babacas.

De trás, reclamam:

— Vamos lá, cara, vamos continuar.

Rolly se vira. É o baixinho Alberto, do setor de Protocolos, erguendo-se da cadeira para reclamar com o braço levantado:

— Vamos lá, meu chapa, nosso expediente acaba em uma hora.

— Vamos passar para as horas extras — ataca o Tripa. — Alguns estão passando do horário, companheiros. — Ele levanta os braços. — Essas horas têm que ser pagas. A gestão aumentou de cem para duzentos...

Rolly brinca com o isqueiro. Sacode a perna compulsivamente. Vira-se: parece que a morena já foi embora. Agora estão falando sobre os vales-alimentação. Conversa fiada. Ele sai dali. Enquanto fuma na porta, pensa: Para piorar, as minas lindas já estão vazando. Essas não precisam armar nada. Só a vaca da Carla fica até o final, porque sabe que é o jeito de conseguir algo. Por outro lado, as lindas...

— Babaca. — Carla aparece e o empurra com o quadril. — O que você está fazendo aí? Vem me acompanhar.

— Gatinha, estão só enrolando. Aconteceu alguma coisa?

— Laura, a pirralha: a filhotinha aprendeu a se virar. Está lá com os caras do Jurídico falando sobre essa bobagem da carreira funcional.

Rolly suspira:

— Faz tempo que ela vem insistindo nisso. Está perdendo tempo, já falei para ela mil vezes. — Aperta o filtro do cigarro contra a parede e confere o relógio do celular: — Olha que horas são, vamos voltar? — diz a Carla e acena com a cabeça na direção da porta.

Voltam para a assembleia. A meia hora seguinte é gasta em discussões e votações sobre os desvios no plano de saúde e possíveis datas e condições para as eleições sindicais no final do ano. Quando Rolly se vira para cumprimentar os colegas do RH, vê Laura: como comentou Carla, está conversando com os caras do Jurídico. Seus peitos pulam, acompanham cada gargalhada, e sua bunda, presa no jeans, olha para Rolly, como se lhe dedicasse aquela jogada.

Começam a falar sobre as progressões. Rolly já sabia que a notícia não era boa: quase nada para a repartição, só Silvana consegue passar da C para a B, e isso já era previsível. Carla resmunga, esperava que fosse sua vez também.

— Na próxima sai — Rolly tenta acalmá-la.

— Não acredito em porra nenhuma do que você diz, faz anos que vem me provocando com isso — Carla responde à beira das lágrimas e, ao se levantar para sair, completa: — E ainda por cima você não me disse nada! Cuzão!

Rolly está prestes a retrucar Carla, que está se afastando da porta, quando ouve os passos de Nelly. A velha se senta na frente e troca um olhar com o Tripa. Rolly não gosta daquilo. O Tripa informa as novas aposentadorias, sete, mas não cita Nelly. Não pode ser, não pode ser, Rolly diz baixinho, a cabeça pendendo, remexendo-se na cadeira, o corpo tremendo. Já havia acertado com o Tripa a questão do contrato com a velha, devia constar na lista de aposentados.

— Velha filha da puta, mudou a data de admissão — fala para si mesmo. — Como eu pude acreditar nela!

Foi enganado. Quer correr para o banheiro, cheirar mais uma carreira e encher o Tripa de porrada. A coisa só piora. Passam a lista das novas admissões: não nomeiam seu primo, mas, sim, a sobrinha da velha para o Jurídico. Com os olhos arregalados, pega o celular e liga para Carla: Volta agora, deu tudo errado. A velha aprontou com a gente.

# 14

UMA SENHORA passa pela frente da sala. Mostra um documento amarelado e o estica de cima até embaixo, como um papiro. Aponta para o meio do papel com o dedo indicador:

— Nem tudo está perdido. Ainda tem um pouco de tinta. E vejam: a numeração está conservada.

Laura anota no bloco sob o título: "Curso conservação de materiais impressos". "Senhora explica → processo envelhecimento papel", "esperança", "salvação documento", "um documento, uma vida". "10 trabalhadoras escutam", "mordem caneta", "escrevem em cadernos", "não entendem ou não ligam?". Prende o cabelo, estica as pernas e suspira.

— As pessoas morrem, os documentos ficam — afirma a senhora. Nervosa, mexe o mouse, a seta se move esquizofrênica. Finalmente consegue abrir o Power Point.

"Imagem torta", "mulher nervosa → tenta disfarçar".

Projetada na parede, uma foto desbotada: um velho de bigodes grossos e olhar inquietante.

— Quase todas nós conhecemos o companheiro Roberto, que trabalhou na Entidade por mais de quarenta anos. Ele se aposentou há muito tempo, mas depois seguiu contratado, como tantos outros. — Ela pisca um olho. — Ele nos deixou no ano passado — completa, baixando o olhar.

Sussurros entre a audiência. Laura anota: "foto de Roberto → não há comoção". Rabisca na lateral do caderno, as firulas avançam entrelaçadas na borda do papel e cobrem tudo, como uma trepadeira.

A senhora passa para o próximo slide.

— Vocês conhecem o documento mais antigo da Entidade? — Ela olha para as mulheres tentando gerar mistério. Na parede, a imagem torta de um documento quase sem vestígios de tinta. — É mais velho que o nosso querido Roberto. — Agitada, se emociona. — Que descanse em paz — acrescenta baixinho e passa para o próximo slide:

— Aqui, com vocês, o primeiro documento da Entidade, número 0001. A exposição à luz e à umidade deteriorou o papel, mas graças ao tratamento ainda podemos conservá-lo conosco. Um orgulho de peça. — A senhora saboreia cada palavra. — O Ministério da Cultura já o solicitou para integrar o acervo do Museu das Entidades Públicas. Sabem o que isso significa? — pergunta e olha ao redor da sala. Silêncio.

Laura brinca com o colar de miçangas. Anota novamente: "primeiro arquivo", "comparação com trabalhador morto ano passado", "ainda sem comoção", "Silvana desmorona na cadeira".

— Vocês estão cansadas, eu sei. Vamos deixar a teoria de lado por um instante. Quem se anima a fazer um teste? — desafia.

Silêncio. "Mulheres: esquivam o olhar", "escrevem mensagem de texto", "uma vai ao banheiro".

— Vamos lá, não é difícil. — A senhora está desesperada para conseguir uma voluntária para a demonstração. Estica o pescoço, tentando alcançar o fundo da sala. As mulheres se escondem atrás do conjunto de fotocópias, fingindo lê-lo com atenção. Uma única cabeça olha para a frente: é a garota nova. Ela enrola um cacho de cabelo com o dedo.

A senhora se entusiasma:

— Vamos lá, ânimo. A única corajosa.

Laura deixa escapar um sorriso malicioso. Fica feliz que essa garota que entrou na Entidade alguns dias atrás e sentou em sua mesa como se fosse algo normal agora tenha que participar deste curso ridículo. Percebe que está se distraindo muito e que suas anotações de campo são tão ridículas quanto o curso.

Olha a cena novamente: a novata, o cabelo recém-cortado e lustroso balançando enquanto se aproxima. A senhora pede a ela que segure o documento amarelado:

— Em primeiro lugar: tirar o pó. Pode pegar — indica. — Está vendo? Assim, bem esticado.

Nervosa, a novata segura o papel enquanto a senhora o sacode com um espanador. O pó se dispersa. A garota loira espirra. Nelly entra, pega uma cadeira e se senta ao lado de Laura.

— Você não perdeu nada — Laura lhe diz.

— Imagino, menina — responde sorrindo. Coloca os óculos e olha para a frente. — Pelo que vejo, pegaram a loirinha, pobrezinha.

— Ela que se vire.

— Que malvada você.

— Falando em maldade: a lua anda por algum lugar estranho hoje?

Nelly ri:

— Não, garota. Se você está estressada, não culpe os astros.

A senhora levanta a voz:

— Como conservar um documento ao longo do tempo? Sabem quando colocamos creme antirrugas ou maquiagem? — Ela faz uma pausa. — Os papéis são como o nosso corpo, precisam de alguns truques e produtos especiais para se manterem jovens. — Ao lado, a novata olha para o chão, parece sentir vergonha alheia. As mulheres, que até então estavam distraídas, levantam a cabeça e escutam com atenção.

— Olha só o que ela está dizendo, justo ao lado da loirinha. — Laura morde o lábio. — Essa aí está longe de ter que usar antirrugas. Nem de corretivo precisa.

— Você tem ciúmes dela, não é? — Nelly provoca.

— O quê? Ciúmes? Do que está falando? — responde, tensa. — Me incomoda que essa mulher use estereótipos sexistas para nos explicar como conservar um documento. Está reproduzindo o pior do patriarcado.

— Ok, pode assoprar agora — indica a senhora.

A novata obedece, é visível que quer sair o mais rápido possível do centro da cena.

— Vejam: agora sim, sem pó. — A senhora abre os olhos, enormes. Olha para o público e mostra o documento.

As mulheres perdem a atenção novamente. Ao fundo, Nelly põe a mão na perna de Laura:

— Já sei de quem você gosta.

— De quem? Do que está falando? — Laura se defende.

— Você sabe de quem.

Laura olha para o lado.

— Você está incomodada com o Rolly em volta da loirinha.

— Você está louca!

— Bruxa e velha pode ser, mas louca jamais. Por favor! — Nelly olha para o bloco, cutuca Laura e lhe pergunta: — Você escreve aí sobre ele? É um diário íntimo?

Laura ri.

— Não, são anotações de campo...

— Campo... Faz tempo que imagino um campo de pêssegos, com certeza é para lá que o José Luis vai me levar quando nos encontrarmos de novo. Você conhece algum?

Laura deixa escapar uma gargalhada.

— Vejo que seu humor mudou — diz Nelly.

A senhora do curso baixa os óculos e fixa um olhar de reprovação em Laura e Nelly:

— Vamos ver se as meninas do fundo conseguem fazer silêncio. — Ela confere as horas e diz: — Agora vamos fazer uma pausa de vinte minutos e em seguida continuamos. No segundo módulo vamos praticar com o documento que pedi pra vocês trazerem.

Uma mulher confusa pergunta:

— Serve o formulário de admissão?

— Tudo serve. — Com o fôlego que lhe resta, a senhora indica: — Vão se reunindo em grupos de três. Depois do intervalo, vamos testar o produto de limpeza.

As mulheres saem, vão em busca de café e retornam ao corredor. A novata, sozinha, mexe no celular. Laura e Nelly estão paradas, longe do resto das mulheres. Conversam e tomam café:

— Me conta sobre o galã misterioso, esse Don José Luis. — Laura remexe o copo de plástico.

Os olhos de Nelly brilham. Toma um gole do café. Suspira e sorri:

— Querida... Na minha idade você não imagina que isso vai acontecer com você de novo. Você pensa que nunca mais vai sentir aquele frio na barriga. Mas aconteceu. Ele é tão... homem... É especialista em pêssegos, sabe? Gosto que ele tenha uma especialidade, algo definido.

— É verdureiro?

— Não, não, só vende pêssegos. No mercado central.

— E você já foi visitá-lo lá?

Nelly olha para o chão:

— Não consigo encontrar o telefone dele. Ele anotou em um bilhete de trem...

— Comentaram comigo, mesmo. — Laura dá um tapinha nas costas dela. — Ah, o amor...

— E você, menina?

— Eu o quê?

— Está apaixonada?

— Nah...

— Mas gosta de alguém...

— De quem?

— Do Rolly, aquele demônio, de quem mais seria? Vocês não combinam, Laurita, ele não é pra você.

— De novo insistindo nisso!

— Você é de Gêmeos, não?

Laura confirma e acrescenta:

— Ascendente em Touro e lua em Escorpião.

— Pior ainda. São opostos a Leão, opostos irreconciliáveis. Eu sei: o fogo e a paixão se atraem, mas isso não te faz bem. — Ela fica séria: — É melhor se controlar.

— Pra mim, o Rolly morreu. Não me conseguiu absolutamente nada, nem pra mim, nem pra ninguém.

Nelly encolhe os ombros como se dissesse “eu te avisei” e a segura pelo braço:

— Eu sei que você anda falando com a comissão, menina.

Laura fica desconfortável.

— Vamos lá, não se mente para uma bruxa. O que você está querendo?

— Que reconheçam que sou profissional, tenho diploma, você não está vendo estas anotações? Eu tomo notas porque sou antropóloga! — Laura agita os braços com tanta força que derrama o café no chão. Continua como se nada tivesse acontecido: — Eles têm que me pagar! E também preciso virar B, é o que me corresponde na carreira funcional.

Nelly nega com a cabeça:

— Lauriiiita. Você fez tudo errado.

— Bom, e por acaso você pode me ajudar?

— E quem você acha que se saiu melhor, o demônio ou a velha e sábia bruxa?

— Você tem razão, Nelly. Ok, pode falar. — Laura olha ao redor. — Mas cuidado que, com meu ataque, acho que me ouviram.

Nelly fala baixinho:

— A primeira coisa é não falar mais nada, deixa comigo.

— Mas...

— E outra coisa. Muito importante: ninguém mais pode te ver com o Rolly, converse com ele o mínimo possível. Ele ficou muito queimado depois do último alvoroço. — Nelly baixa o tom e se aproxima de Laura: — Me disseram que na semana passada ele surgiu na casa do Tripa, bêbado e chapado, e começou a gritar. A mulher do Tripa apareceu, e ele saiu correndo.

— E o que você pode fazer?

— Deixa comigo. Eu tenho que ir ao RH em breve.

Laura, assustada, pergunta:

— Você vai lá embaixo? No Inferno?

Nelly fica séria.

— Não vai achando que é só por você, menina, tenho várias coisas pra resolver. E você vai comigo.

# 15

O REBOCO se descola da parede.

— Por favor... Aí... Assim, assim... Fica parada...

Ele a rodeia com os braços e a aperta.

— Falta pouco — implora Rolly.

— Vamos, gatinho. — Carla suspira. Está se mexendo no piloto automático. — Rapidinho...

— Sim... Sim... Rapidinho. — Ele, fora de si, olhos fechados, a mandíbula se mexendo sozinha, apalpa Carla contra a parede.

— Tá bom, tá bom, tá bom — ela o interrompe enquanto se desvencilha, com a respiração entrecortada. Vira-se, agarra Rolly e olha para ele: — Você me ferrou, cara. Você não tem salvação. — Pressiona e movimenta a mão.

Ele tenta empurrá-la contra a parede de novo. Carla resiste e o empurra com tanta força que o derruba no chão. Rolly fica caído de costas, a calça jeans na altura dos joelhos. Carla, com o pé em sua barriga, provoca:

— Você ficou excitado? — Anda em voltas e fala com ele olhando-o de cima. — Mas quer saber? Estou cansada. Há anos ando de um lado pro outro com você, como um cachorrinho, e pra quê? Porra, nunca deu em nada.

— Mas não deu para ninguém, eles ferraram com todos nós — Rolly se defende enquanto se senta e desliza contra a parede. Sobe o jeans. Carla ainda está de pé, com as mãos na cintura.

— Silvana se deu bem.

— Mas o da Silvana já era esperado, você sabe.

— E daí? Os da Manutenção conseguiram muita grana.

— Bom, o que você quer, vai reclamar com o Tripa, que nos deixou a ver navios.

Carla franze a testa e grita furiosa:

— Não me vem com essa! Você nos garantiu que o Tripa nos apoiava! — Ela chuta uma caixa vazia. — Todas as vezes que eu te apoiei. Dez anos desde a minha última progressão.

— Não fica brava, vem aqui. Ele a agarra pelos quadris, tenta virá-la e se jogar por cima. — Deixa eu terminar, depois a gente vê isso, alguma coisa vamos inventar.

Carla se solta e o encurrala contra a parede:

— Gatinho, não sei se você entendeu: ou a gente faz alguma coisa ou eu arrebento tudo, sacou?

— Tá bem, tá bem... Vamos ver.

— O que você acha?

— Me deixa pensar.

— Se até agora não te ocorreu nada...

— Pff, e você? — Ele levanta o queixo. — O que você fez além de ficar atrás de mim como um cachorrinho? Quem é que sempre tem que encarar o Tripa?

— Você encara o Tripa, mas é em mim que a Nelly confia...

Ele a agarra pelo braço, cai na gargalhada, balança a cabeça:

— Ufa, imagina se não confiasse... Já teriam nos enxotado daqui?

— Agora ela me cobra por andar com você. — Carla se solta e levanta a voz: — Ahhh, e nem te conto: você sabe com quem a Nelly anda agora?

Rolly morde o lábio. Tenta tomar a iniciativa, mas ela o impede com uma joelhada.

— Com a Laura, a que te deixa excitadinho.

— E o que você acha que sabe?

— O que eu sei? Elas estavam no curso armando alguma coisa. Acorda! — ela grita.

Rolly bufa. Dá um soco na parede.

— Com certeza prometeu a ela a progressão na carreira.

Carla ergue as sobrancelhas:

— Não me diga! A Silvana me contou que a Nelly vai levar a garota ao RH e que vão se encontrar com a Marta. — Ela para, fica séria: — Temos que ir lá embaixo. É amanhã.

— Você está louca?

— Não tem outro jeito.

Rolly perambula coçando o nariz. Esbarra em um monitor.

— Não posso ir lá embaixo. Já te contei o que aconteceu comigo quando fui. — Ele se coça com mais força. — Se você quiser, eu falo com o Tripa de novo, mas ir lá embaixo... — Ele pega um pedaço de papelão do chão, tira o isqueiro do bolso da camisa e o queima. Assopra rápido para apagar o fogo e solta: — Por que você acha que chamam aquele lugar de Inferno? Não é brincadeira, gatinha.

Carla se aproxima, lambe o pescoço dele. Colada em seu ouvido, murmura:

— Quer dizer que o Rolly está com medo...

Ele pega o rosto dela e lhe dá um chupão:

— Do que você está falando? Vem aqui. — Ele a levanta, ela o prende com as pernas. Rolly empurra pastas e caixas vazias de uma mesa e os dois caem ali, ele em cima dela.

— Isso é um sim? — Carla o provoca.

— Por você vou até o Inferno — Rolly solta, bufando, e enfia o nariz entre os seios dela.

# 16

ROLLY DESCE as escadas com Carla. Ela, tranquila; ele, vacilando a cada pisada. Na frente, Nelly e Laura. Eles seguem as duas passo a passo fazendo o mínimo de barulho possível. Rolly toca o nariz o tempo todo, temendo que comece a escorrer. Tudo parecia estar indo muito bem. Talvez a bruxa tenha armado algo e por isso está tudo certo, pensa. Mas a calma dura pouco. Laura e Nelly entram, tocam a campainha, alguém lhes abre a porta. Escondidos no último patamar, Rolly e Carla. Um estrondo e eles não veem mais nada, só fumaça. Vamos correr!, grita Carla. Foi a última coisa que Rolly ouviu. Não soube como, mas estava dentro.

As paredes tremem. Cinzas transbordam dos arquivos como cachoeiras. Deslocadas. Cobrem tudo. A caldeira explode outra vez. As vibrações ressoam no subsolo, na repartição do RH: o Inferno, como todos chamam. Uma impressora cai morta sobre uma mesa. A poeira continua monopolizando o ar. Três funcionários da Contabilidade rastejam em fila, protegendo a cabeça com pastas. Pelo chão de lajotas, rolam cartuchos de tinta cobertos por restos de almoço. O quadro de avisos bate na parede sem parar, os percevejos disparam como balas. Quase nem se respira mais, tudo é denso.

Mergulhando na poeira, procurando Carla entre os escombros, Rolly pragueja por estar ali. A poeira entra em seu nariz e ele começa a espirrar. Vem um ataque. Não consegue parar. À beira da asfixia, tenta pegar o isqueiro. Ilumina a montanha de cinzas enquanto cava buscando Carla: Gatinha, anda, aparece, está acontecendo alguma coisa, prometo que, se sairmos disto aqui, te levo ao terraço. Fica tonto, tudo gira. O ventilador, furioso, espalha a poeira pela repartição inteira. Entra em seus olhos, lacrimeja. Não consegue ver mais nada. De repente, um flash, as luzes se acendem e apagam. Fica parado olhando para o teto. Em um dos flashes, vê Carla, Chelo e Silvana na névoa, agarrados a emaranhados de cabos. Cruzam de uma ponta à outra. Esfrega os olhos, mas agora não vê nada.

Sobe em uma mesa inclinada que afunda e escorrega. Segura uma luminária de tubo como se fosse uma espada flamejante. Agarra-se a uma prateleira, que se parte e cai na montanha de cinzas. Continua cavando.

Laura se move como uma cobra e põe a cabeça para fora da poeira. Procura Nelly e se amarra na corrente do amuleto, a pedra preta se desfaz. Consegue sair e se refugiar sob uma mesa; cercada por livros de contabilidade, leva os joelhos ao peito. Ali está ainda mais frio, treme. As cinzas, uma pasta em sua boca. Ela tem ânsias, tosse, cospe na mão. Começa a chorar, arrependida. Ela sabia, ela sabia. Enquanto descia, voltava a sensação de angústia e asfixia. Só ela poderia pensar em se aliar a essa velha louca. E agora ficou sozinha. Outro tremor, e um pedaço do teto desaba sobre a mesa. Rapidamente se joga no chão, desliza em uma poça de mate. Caem jatos, começa a inundar. Laura acaba abraçada a um monitor, flutuando em um caldo de cinzas, erva-mate e papéis. Inconsciente.

Quando acorda, a água já baixou. Levanta-se, sacode-se e procura seus companheiros. Não vê ninguém, apenas um careca que, sentado diante de uma escrivaninha, carimba, deixando cair o tronco sobre a mesa: quica no espaldar da cadeira como um robô e cai de novo.

Alguém a agarra por trás, Laura grita. Vira-se e vê um rosto cheio de arranhões e hematomas, é Rolly. Ela o abraça e lhe diz, tremendo:

— Fui lá embaixo com a Nelly. Ela desapareceu.

— Isso é o que você ganha por andar com a bruxa. Vamos. — Rolly agarra seu braço e a leva dali. — A Nelly deve estar no escritório da Marta. Rápido, está tudo vindo abaixo.

Eles correm. Atrás, parte do teto continua caindo, eles se protegem com pastas. Entram em um labirinto de corredores estreitos. Apalpam as paredes úmidas e rachadas. À medida que avançam, fica mais escuro e difícil de continuar. O toque de um telefone os guia para a saída. Chegam ao escritório de Marta. Batem várias vezes, ninguém atende. Rolly agarra um cabideiro de madeira e o joga contra a fechadura. Vendo que não dá certo, ele recua, corre e se joga com tudo. A porta se abre e ele cai lá dentro, junto com o cabideiro.

Laura fica perplexa na entrada. Na parede, a imagem da professora do curso é projetada centenas de vezes: Conservar documentos, salvá-los, um documento, uma vida — começa uma; outra professora entra fora de tempo: Conservar documentos, salvá-los —; mais uma se junta às outras duas: Conservar; as vozes se sobrepõem, o volume aumenta: Salvar, documento, salvar, uma vida, um documento, vida. Ela tapa os ouvidos e se sacode. Tonta, procura Rolly. Não o encontra.

As imagens das senhoras se multiplicam e vêm para cima dela; passam um produto de limpeza no papel: As pessoas se vão, os documentos ficam, as mulheres dizem sem parar.

Agora saem da parede, são hologramas. Tomam conta da repartição. A gritaria é tão alta que ela não aguenta e se joga contra as lajotas do chão. Está gelado. A luminária de tubo a ofusca toda vez que pisca. Meio inconsciente, agarrada ao pé da mesa, estende o braço, pega uma caneta e escreve no bloco: "imagens que associo ao inferno: provocantes, poderosas, ardentes, sempre belas" — a luz se apaga, a tinta acaba, sacode a caneta e continua — "sensuais, proibidas: vermelho intenso, fogo, névoa" — a letra se inclina para a direita — "corpos nus entrelaçados, flechas, guerreiros musculosos, aves vorazes...". A avalanche de vozes vem sobre ela: documento, vida, conservar. Tapa os ouvidos, mexe a cabeça e de olhos semicerrados anota: "Um mundinho erótico nada a ver com esta repartição, este inferno, material, pura angústia, real, concreta. O outro, pura imaginação: ópio do povo". Tonta, acende uma vela, aproxima o bilhete da chama e fica hipnotizada ao ver as letras desaparecendo: erótico, material, imaginação, ópio, povo... Até que não reste nada além de cinzas.

Rolly se levanta. Laura desapareceu. Não importa, precisa encontrar Nelly e detê-la. Vira-se, olha ao redor, alerta, segurando a parte do cabide que ficou intacta. Arquivos empilhados, estantes inclinadas e cheias de papéis. Tudo quieto. Não há vestígios de que algo tenha acontecido. As explosões parecem não ter ocorrido. Tudo está intacto em sua desordem. Ele coça o nariz, olha para o chão e se sacode. Continua vendo a mesma coisa. Aproxima-se devagar, espreita. Dá mais alguns passos, inclina-se, empurra a mesa para trás e apoia a mão na parede. A parede se mexe. Empurra mais forte. A parede gira. Recua, fica parado por alguns segundos olhando para a fresta que acabou de se abrir. O buraco ainda está lá. Ele ilumina uma escada íngreme com seu celular. Entra e desce. Ouve sussurros, mas não vê ninguém. As vozes soam familiares. Continua descendo, as escadas fazem uma curva até chegar a uma sala gigante: é um grande depósito cheio de caixas vazias e ferros. Percorre a sala. Os sussurros agora se misturam ao barulho de um ralo e ao eco de passos. Ele segue a tubulação. Apoia o rosto para ouvir. Os sussurros vêm dali. Abre uma porta com cuidado. Desemboca em uma passarela com piso gradeado. Olha para baixo através da malha de metal. No meio de uma sala enorme, uma mesa oval envolta em fumaça e uma luz fraca que a ilumina. Ao redor, Nelly, Oscar e Marta; as vozes se sobrepõem. Abrem um mapa gigante. Lá estão todas as áreas da Entidade com seus cargos. Rolly enxuga a baba e apoia os cotovelos no parapeito. Concentra-se no mapa: vê linhas pontilhadas, as novas vagas. No vermelho, os A, os mais altos. Nelly toma um gole de uísque, pega um carimbo e transfere um da Manutenção para o setor de Projetos. Oscar embaralha um maço de folhas de papel.

— Se passarmos dois de Projetos para o Jurídico, abrimos uma vaga aqui — diz Marta, segurando uma lupa. Aponta com o dedo indicador: — E então aposentamos esta, que com certeza não vai causar.

O barulho da tubulação encobre as vozes. Rolly se deita, procurando ouvir melhor, e faz o metal vibrar.

— Vocês ouviram isso? — Oscar diz a Nelly e Marta.

Marta deixa a lupa cair. Oscar solta o maço de folhas na mesa.

— Não me diga que você explodiu a caldeira outra vez. — Marta procura a lupa debaixo da mesa.

Oscar ri:

— Como se tivesse um botão aqui para fazê-la explodir.

Algo se mexe no fundo da sala. Rolly se acomoda para ver melhor. Outra porta giratória se abre. Entra o Tripa, com três protegidos atrás. Charuto na boca, para a poucos metros da mesa. Coça a barbicha enquanto olha para Oscar:

— Quem te fez o meio de campo com a caldeira, meu velho?

Rolly, petrificado, deitado sobre o metal, o rosto apoiado nas mãos. Tenta entender o que está acontecendo. A reviravolta máxima da vida, ele pensa, ansioso e babando. Olha de volta para a mesa oval. Ali está Nelly, segurando firme a xícara fumegante e olhando para a mandala na toalha da mesa. Levanta a estátua do Buda, tira três cartas de baixo e as coloca sobre a mesa. Suas mãos tremem.

Marta bate na mesa com as unhas.

— De novo com o tarô. Estamos concluindo coisas importantes.

— Isto é importante. Por favor, o bilhete está perto, tudo indica que... — Nelly aperta a pedra preta que leva pendurada.

A luz é cortada. Sussurros.

— Deve ser o espírito do Roberto — arrisca o Tripa, que acende uma vela.

— Não, nós o exorcizamos — garante Nelly, enquanto penteia os cabelos, olhando-se, à luz da vela, na bola de vidro transparente que está no centro da mesa.

— Ele falou comigo outro dia na oficina. — Oscar empilha alguns formulários de entrada que estavam espalhados. — Disse que não liberamos nada para os bocós da Manutenção.

— Não sobrou nada para as crianças, nem sequer migalhas — bufa o Tripa. — Vamos calar esse morto. — Toca a barbicha e pergunta a Nelly: — Podemos fazer alguma coisa?

Nelly nega com a cabeça. Mas sua mente já está em outro lugar. Concentra-se no barulho da água do encanamento.

— Já volto. — Ela se levanta da mesa. Avança seguindo o som. José Luis a abraça, encharcado.

Anda por um caminho de velas acesas até chegar a uma sala. Entra. Um candelabro de cobre ilumina um espaço minúsculo, as paredes forradas de prateleiras transbordando. Esfrega o amuleto preto: está fervendo. Coloca as três cartas de tarô viradas para cima. Sente um calor no peito. Fica olhando para a 6: os enamorados. O anjo da flecha se transforma em José Luis, o peito se inclina para o céu, sob um pessegueiro. Números, números, números; ela cantarola, começa a tirar a roupa. Arranca a blusa, os botões voam pelo ar, abaixa a saia, atira o sutiã e continua cantarolando, caminhando em direção às prateleiras. Joga pastas no chão e as abre, espalhando os papéis. Nua, ela se senta, vasculha e vasculha os documentos. Compara números de resoluções com as três cartas. Não há nada, apenas papéis, papéis e mais papéis de uma licença psiquiátrica. Suspira frustrada. Sou uma boba. Em cima, tudo em movimento. Pastas caem das prateleiras e ela fica presa entre monitores. Rasteja e consegue pegar um xale, que desliza pelo pescoço, leva ao peito nu e depois ao nariz: tem um cheiro familiar, é patchuli, como o da taróloga. Um sinal, ela diz a si mesma, e move a mão em círculos, fazendo o xale girar como se fosse jogá-lo, e então uma brisa a sacode e uma carta cai: a número 1. É o mago. Um homem, parado em frente a uma mesa com taças, moedas e espadas, segura uma varinha de madeira com a mão esquerda. Aperta os olhos, enche o peito de ar, concentra-se. Adiciona a carta às outras três: 10-13-61. Olha novamente para os papéis no chão: em cima de tudo, o documento com o mesmo número. Grudado nele: o bilhete de trem. Estremece, o coração explode, uma aura envolve seu corpo, ela leva o xale ao rosto e respira fundo. Ali está o número de José Luis, borrado, mas está ali. Nua, corre pela sala gritando: Encontrei! Achei! Eu sabia! Joga-se sobre a mesa, pega o telefone e disca. Toca três vezes:

— Alô — atende um homem.

Silêncio.

— Alô — ela responde —, José Luis?

Um novo silêncio se instala e parece não ter fim, até que a voz do outro lado pergunta:

— Nelly?

# AGRADECIMENTOS

Ao mestre Marcelo Guerrieri, que me apresentou ao maravilhoso mundo da literatura e me ensinou com paixão e habilidade. Por acreditar que eu podia transformar algumas notas confusas, nascidas em plena catarse, em um texto narrativo.

Aos Latinlits, Hernán Brignardello e Germán Moretto, pelos encontros mágicos. Pelas oficinas às quintas-feiras e por contribuírem de forma lúdica e coletiva para a escrita deste romance.

A Félix Bruzzone, pela leitura atenta e pelos excelentes comentários, que me fizeram repensar e continuar trabalhando.

À Alto Pogo, pela confiança e pelo enorme trabalho profissional de edição e produção.

Ao grande mestre Alfredo Pucciarelli, por seus sábios conselhos, que me incentivaram a atender meu desejo, mesmo quando isso significava me distanciar de certa formação acadêmica.

A Sandrita, amiga indispensável, por me acompanhar e se alegrar a cada passo e entender como ninguém que a reinvenção é uma necessidade vital que tenho.

A Sandra Wolanski, Laura Figueiras e Ana Mazzoni, por terem lido a primeira versão completa de *A entidade* e por terem contribuído com leituras valiosas e originais.

A esta confraria de amigas e amigos que me incentivou, leu capítulos inacabados e me ouviu em algum ciclo literário de Buenos Aires: Mica, Agus, Pau, Ana, Gabi, Ale Gaggero, Ale Otamendi, Lu Colores, Martu, Luli Chiodi, Carli, Maisa, Marcos, Lolo, Sole, Pablo, Lauri, Guille, Muri, Nati, Noe, Nico, Juan, Feli, Lu Moreno, Nacho, Marti, Ari, José María e Carlos Marcos.

Ao CUSAM, coletivo e espaço de trabalho, fonte de inspiração política, sociológica e artística.

A minha família, por ficar feliz com as minhas decisões, por me amar e me aceitar por mais estranha que eu seja.

FONTES
Fakt e Heldane Text
PAPEL
Avena
IMPRESSÃO
Lis Gráfica